小説 おそ松さん 前松！

原作：赤塚不二夫　小説：三津留ゆう／石原 宙　イラスト：浅野直之

小説 JUMP j BOOKS

LIGHT NOVEL
OSOMATSUSAN
MAEMATSU

小説おそ松さん 前松

【目次】

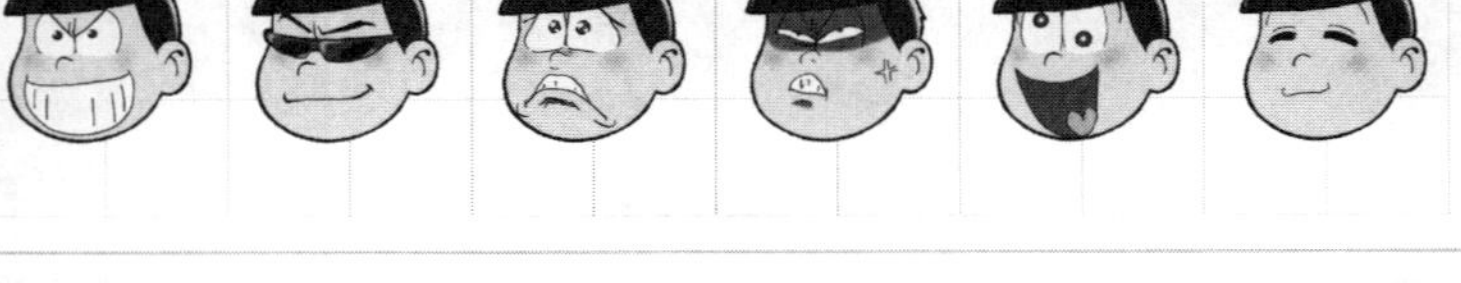

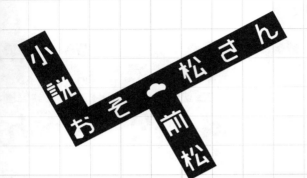

末っ子おそ松

LIGHT NOVEL
OSOMATSUSAN
MAEMATSU

松野《まつの》家の冷蔵庫――二十歳《はたち》を過ぎた6つ子の兄弟たちと両親、八人分の胃袋を支えるそれは、一般的な家庭のものより少し大きめかもしれない。

冷凍庫には、六人の男兄弟を満足させるための買い置きが詰まっている。

冷凍たこ焼き、お好み焼き、安売りの豚《ぶた》こま、ピザに唐揚《からあ》げ、残りご飯……量で勝負と言わんばかりのがっつり食材、そのなかで、異彩を放つものがある。

それは――バァゲンダッツのバーアイス。

しかも、季節限定のクッキー&コラーゲン味だ。

食材たちは、しんと冷えた冷凍庫で、取り出される時を待っている。

と――その真っ暗だった空間に、光が灯《とも》る。

誰かが扉を開けたのだ。獣《けもの》のように光る目が、冷蔵庫の中を物色《ぶっしょく》する。6つ子の誰かだ。

しかし劇的によく似た兄弟、すぐに誰とは判別できない。

やがて餓《う》えた獣が獲物《えもの》を定め、ゆっくりと手を伸ばした。

◇

「キャアアアアアア――――!!!!!」

絹《きぬ》を裂くような悲鳴が、松野家の近隣一帯に響き渡った。

悲鳴の出所《でどころ》は、台所のようだ。二階にある自分たちの部屋で怠惰《たいだ》の限りを尽くしていた兄弟たちは、なにごとかと顔を上げた。

ここは東京、赤塚《あかつか》区。天気のいいある日の、昼下がりのことである。

「なに、今の声」

そう言ったのは、三男のチョロ松《まつ》だ。無料の求人誌をめくり、仕事を探していると見せかけて可愛《かわい》い子を漁《あさ》っているだけの手を止めて、特徴的な困り眉《まゆ》をさらに下げる。

それから、「なあカラ松《まつ》」と隣の兄弟に声をかけた。

「ああ——トッティだな」

応《こた》えたのは、次男のカラ松。チョロ松に比べるとややしっかりした眉毛。熱心に覗《のぞ》いていた手鏡からようやく目を離し、「そうだろう、十四松《じゅうしまつ》」と隣の兄弟に確認した。

「うん、トッティー！　ね、一松《いちまつ》兄さん！」

首が取れそうな勢いでやたら頷《うなず》いたのは、五男の十四松だ。アンテナのように一本だけ飛び出たアホ毛、四六時中開いた口、人間離れしたリアクションは、本当に宇宙からなにかを受信しているのではないかと思わせる。

「トッティだな。……誰でもいいけど」

心の底から興味なさそうに答えた四男一松は、ぼさぼさ頭をかきながら、あぐらの中で伸びをする猫をなでるのに余念《よねん》がない。

「ふーん……ま、いいか」

チョロ松が求人誌に目を戻したとき、階段のほうからどだだだだだだだと荒れた足音が聞こえてきた。

パァン！　と音を立ててふすまが開いて、廊下から息を切らして顔を覗かせたのは、松野家末弟《まつてぃ》、松《まつ》野トド松——通称、トッティだ。

「ないんだけど！」

「なにがー？」

十四松がのんびりと尋《たず》ねた。

「ボクのバァゲンダッツのアイスがないの！　大事にとっといたのに！」

普段なら兄弟いち愛らしい目をカッと見開き、場末《ばすえ》のチンピラのように顔面を歪《ゆが》めている。兄たちを睨《にら》みつけるトド松に、チョロ松は呆《あき》れて言った。

「お前、なんちゅう目してんだよ……自分で食べたんじゃない？」

「自分で食べたんだったら、兄さんたちに聞いてないよ！」

「フッ……夜の街へエスケープしたんじゃないのか？」と、これはカラ松。

「ないよ！　エスケープしてんのはカラ松兄さんの脳みそだよ！」

「……生贄《いけにえ》になったか」と一松が暗黒微笑すると、

「ないから！　アイス捧《ささ》げて満足するポップな悪魔いないから‼」

トド松は頭を抱えた。

「も――――、みんなどうしてそんなにバカなの⁉　誰食べたの‼」

ダンダンと地団駄《じだんだ》を踏む末っ子。

その背後から出し抜けに現れたのは――

「ん？　俺だよ？」

「おそ松《まつ》兄さん！」

平然とバーアイスを食っている、松野家の長男、おそ松だった。

「え――――⁉　食べてんの隠しもしないの⁉」

トド松が驚きのあまりゴミ箱に頭から突き刺さった。

「いやー、これ、色はきれいだけどさ、あんま美味《うま》くないね。なんか妙なニオイするし」

「よく言えたね⁉　他人《ひと》のアイス食っといて！」

「えー？　だってさあ、しょうがなくない？」

おそ松は、なれなれしくトド松の肩に腕を回した。

「今朝テレビの占《うらな》い見てたらさぁ、俺の星座、ラッキーアイテムがアイスだったわけ。で、冷凍庫見たら、いい感じにアイスがあるだろ？　こりゃ俺が食うしかないよねぇ」

「ボクも同じ星座なんだけど⁉　6つ子だから‼」

「ばっか、何言ってんの。俺はさ、パチンコに勝ちたいんだよ？」

「知らないよ！　ほんっっとにクズだね⁉　自分のことしか考えてないの⁉」

トド松は、おそ松の腕を跳《は》ね飛ばし、うずくまって怨念《おんねん》を垂《た》れ流す。

「あ――！　あ――！　もう、うちのクソ兄貴はぁぁああああああ!!」

頭をぐしゃぐしゃとかきむしって、キッ！　とおそ松を睨み上げる。

「もー、食っちゃったものはしょうがないけど！　代わりのアイス買ってきてよね！」

「はー？　いいじゃん、アイスくらい」

「よくない！　限定だったんだよ!?」

「わかったわかった」

トド松の肩を叩《たた》いて、おそ松は言った。

「心配すんなって。ちゃんと買ってきてるから」

「……えっ？　おそ松兄さんが？」

クズのくせに、とでも言いたげなトド松が見ている前で、おそ松は「ええっとねえ」とポケットを探る。

「はいこれ」

「……？」

おそ松がぽんと手のひらに載《の》せたものに、トド松は眉をひそめた。

「……なにコレ」

「これ？　ミルメーク」

「ミルメーク!?」

「そうそう。しかもイチゴ味。レアものだよ？　やったねートッティー。ツイてるねー」

「……ってかこれ、中身カッチカチなんだけど」

「ああ、熟成してるからね。もうかれこれ十年物だよ」

「食えねえよ！　昔給食で出たのを持って帰って、そのまま忘れてたんでしょ！」

「おっほ、ご名答。さっすがだねートッティー。かしこいねー。よーし褒《ほ》めてあげよう」

頭をなでようと伸びてくるおそ松の手。それを払いのけると、

「ドンッタッチミー！」

キレのいい発音で、ハリウッド女優のように凄《すご》んでみせるトド松。

いきり立つトド松だが、ついに力尽きたようにその場に膝《ひざ》をついた。

「……あーもうヤダ……どうしてウチのクソ長男ってこうなんだろう……」

トド松が、ぐすん、と鼻をすすり上げる。

「バカだし、ぜんぜん頼りにならないし……どうして生きてんの……」

「おお？　黙って聞いてりゃけっこう言うねぇ？」

「ほんっと、よくそれで長男とか名乗ってるよね。長男らしい威厳《いげん》とか、思いやりとかないわけ？」

恨《うら》めしげに見上げられたおそ松は、きょとんと目をしばたたく。それから、

「ハーイ出たよ、長〜男〜〜」

おそ松は、大仰《おおぎょう》に天井を仰《あお》いだ。すぐにトド松のほうに向き直ると、

「あのねぇ、言っとくけど、俺たち生まれたのほぼ同時だよ？　長男だからってなに、意

味あんの？　長男だからどうしろとか、どうあるべきだとか、そーゆうの、すっげームカつくんだけど！　6つ子だからね、みんな同い年だからね⁉」

「う……」

やりこめられそうになったトド松がたじろぐ。

するとそこに、チョロ松が割って入った。

「いや、トド松の言うことも一理あると思うよ」

「チョロ松兄さん！」

味方を得たトド松が歓声《かんせい》を上げた。

「うちは長男がこんな中身スカスカのバカだから、その下の弟たちも、いつまでも自立できないんだよ。長男なら、率先《そっせん》して模範を示すべきだと思うんだよね」

「あっ、汚ねーぞチョロ松！」

おそ松は、矛先《ほこさき》をチョロ松に向けた。

「お前、この場に乗じて言いたいこと言ってんじゃねえよ！」

「当ったり前だよ。チャンスは利用しないと」

「ああ——そうだな。むしろ次男のオレが、長男だったほうが」と、カラ松。

「チョロ松兄さんの言うとおりだよ！　好き放題して！　この腐《くさ》れ外道《げどう》！」

「……え？」

トド松にガン無視されたカラ松が、寂《さび》しげな声を出すが誰も聞いていない。

「あはは、長男向いてない説！」

とくに話を理解しているわけではないと思われるが、そう言って笑う十四松。

「は〜、わかってないね〜、うちの弟たちは」

そんな兄弟たちに呆れるように、おそ松はやれやれとかぶりを振った。

「だったらお前ら、長男やれんの？　ほぼ同時に生まれてんのに、『お兄ちゃんだから我《が》慢《まん》しなさい』って、いっつも俺だけ我慢だよ？　兄弟代表みたいに言われてさ、お前らの尻拭《しりぬぐ》いさせられてんだよ？」

「そ……それは」

　ぐっ、と口ごもるトド松を、おそ松は鼻で笑った。

「ホーラ見ろ、わかってないんだよ〜、弟はさぁ。長男なんて、得なこと一個もねえのになぁ？　でもぉ、俺は生まれてこのかたずーっと、その役目を引き受けてきてやったわけ。誰のためかわかる？　お前らのためだよ？　なのに！」

　おそ松は、びしっ、とトド松を指差す。

「この末っ子ときたら！　最後までおっぱい吸ってたくせに、アイスごときで！　あーあ、気楽なもんだよなー。なんでも許されてずりぃよ、末っ子は」

「な……なんだよ、末っ子にだって苦労があるんだぞ！」

　ドン！　と我慢できなくなったトド松がおそ松の胸を両手で突いた。

「痛《い》ってぇ！　あんだよ末っ子、兄ちゃんに逆らう気か⁉」

「うっさいバカ！　もうお前なんて兄だって認めないから！　このクズ！　生《なま》ゴミ！　三角コーナー!!」

「あぁん⁉」

おそ松がトド松につかみかかると、「プロレスー⁉　元気ですかー⁉」と叫んだ十四松が、一松に卍固《まんじがた》めをかける。「あああああ話の流れすらないいい」と呻《うめ》く一松が投げたネコ缶が、「争いは何も生まないぞ、ブラザー」とキメているカラ松の頭を直撃した。

「痛っ⁉　……ちょ、誰だこれ投げたの……⁉　っておおおおい⁉」

すっかり蹴《け》り合い殴り合い、そこらにあるものの投げつけ合いになった兄弟たちから、なぜかカラ松めがけていろんなものが飛んでくる。

目覚まし時計、まくら、金属バット、雑誌、マトリョーシカ、アイスピック――。

殴り合う兄弟と逃げ惑《まど》うカラ松が、わあわあドタドタと暴れ回っていると、

「うるさ――――――い！！！！！」

スパァン！　と部屋のふすまが開いて、母の松代《まつよ》が現れた。

6つ子はぴたりと動きを止める。

兄弟はどれだけ馬鹿《ばか》でわがままでも、養ってくれる人には頭が上がらない――そう、平日の昼間から、二十歳そこそこの兄弟たちが、どうして家に揃《そろ》っているかといえば。

6つ子たちは、いい歳《とし》をして全員がニート。おまけに童貞《どうてい》。

いまだに6人全員が、親のすねをかじって暮らしているからだ。

――というわけで、6つ子は松代には逆らえなかった。

「か、母さん……」

6つ子たちのこめかみを、たらりと冷や汗《あせ》が伝う。

松代は、鬼の形相《ぎょうそう》を兄弟たちに向けていた。

「ニートたち、座りなさい」

「ハイ……」

6つ子たちは、すごすごとその場に並んで正座をした。子どものころから、母がこう言いだすと、続く言葉は決まっている。

松代は、すうっと息を吸うと、大きな声で言った。

「はい、松野家家訓！　その12！」

「「「「「「松野家家訓！　その12！」」」」」」

松代の言葉を、6つ子が声を合わせて復唱する。

「ケンカになったら、出血大サービス！」

「「「「「「大サービス！」」」」」」

「兄弟大回転を実施する！」

「「「「「「兄弟大回転を実施する！　――って、えええええっ!?」」」」」」

（うわー、なんか面倒《めんどう》なことになっちゃったよ……）

おそ松は、気まずい顔をした。

カラ松は首をひねり、

(そんな家訓があったようななかったようなような……)

すると、十四松が出し抜けに叫んだ。

「ぼく、ルール忘れたー!」

「ああ……父さんと母さんがこの家訓決めたの、だいぶ前だもんね」

チョロ松は、仕方ないな、というふうに解説を始めた。

「『兄弟大回転』っていうのは、僕たちがケンカしたときに発動される家訓で——」

立ち上がったチョロ松は、部屋の隅《すみ》からホワイトボードを持ってきた。兄弟の名前を、上から順に、おそ松、カラ松、チョロ松、一松、十四松、トド松と、黒いフェルトペンで書きこんでいく。

「松野家家訓、『兄弟大回転』って言われたら、ケンカの火種《ひだね》になったヤツが末っ子になるんだ。だから今回は、おそ松兄さんが末っ子で……」

チョロ松は、『おそ松』の名前をバツ印《じるし》で消した。そこから矢印を引っ張って、矢の先を『トド松』の下に持っていき、そこに『おそ松』と書き足した。

「他の兄弟は順次繰り上がるから、今回の場合、カラ松が長男、次男が僕、三男が一松、四男がお前で、五男がトド松になるってこと」

「あー……」

十四松が、わかったようなわからないような顔で、ホワイトボードを眺《なが》めている。

兄弟大回転が実施されるのはこれが初めて。

つまり、もう二十年も続いてきた絶対不変のヒエラルキーが崩《くず》れ去るということ。

兄の威厳は失墜《しっつい》し、弟は下剋上《げこくじょう》を果たす。これまでの力関係が揺らぐのだ。

6つ子たちの瞳《ひとみ》には不安と期待の色が入り混じり、

「え、ちょっと待って母さん。そこまでやること……？　こんないざこざ今までもあったしさ？　ゲンコツ程度で丸く収めようよ。何ならお尻も出すし」

軽く引き気味のおそ松に対し、

「いいね！　やろうやろう！　面白《おもしろ》そうじゃん！」

トド松はやる気満々。

「ちょっと、変なことに巻きこまないでくれる……？」

一松は迷惑そうな顔をして、カラ松はここぞとばかりにキメ顔をした。

「フッ……未知への挑戦こそ男の生き様《ざま》……。さあ、マイマザー、心おきなく――」

「うるさ――――い！！！！！」

「「「「「わあああああああ！！！！」」」」」

窓ガラスがびりびり震えるような大声に、6つ子は必死で耳を塞《ふさ》いだ。

「ニートの分際《ぶんざい》でごちゃごちゃ言わない！　とにかく今から、松野家家訓、兄弟大回転を実施します！」

ピシャン、とふすまを閉められてしまうと、兄弟たちにはもう、逆らうすべは残されていなかった。

◇

こうして、松野トド松には、生涯《しょうがい》初めての弟ができた。

末っ子根性がしみついて、あざとさを武器に要領よくやってきたトド松だ。昔から、「一番下だから大目に見てやるか」という周囲の生温かい視線に守られて、そんな立場を最大限利用して抜け目なく末っ子の春を謳歌《おうか》してきたのだ。

それが突如《とつじょ》、兄としての振る舞いが求められる状況に置かれてしまった。

さぞや戸惑《とまど》いがあるかと思いきや——

「おい、おそ松〜。焼きそばパン買ってこいよ〜」

これである。

畳《たたみ》に寝っ転がったトド松は、横柄《おうへい》な態度でかつての兄、おそ松をあごで使おうとする。

「はぁ?」

漫画から顔を上げたおそ松は、全力で顔を歪める。

「なんなのトド松、その態度? 長男に対してなってないよ?」

するとトド松は、かけらも怯《ひる》まず、信じられないくらい腹の立つ顔で返す。

「……ん? 長男? 長男って誰ですかねぇ〜〜?」

「……!」

「自分の立場考えて～？　ボクは今お前の兄だから。兄。わかる～？」

「『お前』って……！」

「お前はお前だろうが、あぁん？　ほら、わかったらとっとと行けよおそ松」

「てめぇ、人を呼び捨てに……痛ってぇ！」

憤慨《ふんがい》して立ち上がったおそ松は、すねを蹴られて飛び上がった。

「お兄サマに反抗したから、追加でみかんジュースもよろしく～。１００％じゃないと買い直しに行かせるから。オレンジじゃなくてみかんだからね～」

「あはっ、あざトッティ!!」と、十四松が外野から叫ぶ。

トド松は今、輝いていた。完全にダメな方向で。

「てっめぇ……」

だからおそ松も顔色を変える。

「なんっだソレ！　態度変わりすぎだろ!?」

「えー？　ボクはただ、おそ松が兄さんだった時代を参考にしてるだけだけど？」

「はぁぁ？　俺、そんなことしてねーし！」

すると。

「あれーぇ？　いいのかなぁおそ松、『トド松兄さん』にそんな口きいて」

「おま……チョロ松！」

ゆらりと背後から近づいてきたのは、悪い顔をしたチョロ松だった。

「チョロ松兄さん、だろ？　おそ松」

言葉を呑《の》みこむおそ松を見て、新次男、チョロ松はほくそ笑んだ。

「くっ……！」

（やっと目の上のタンコブがひとつ減った……これであとひとり潰《つぶ》せば、僕が兄弟カーストの最上位に……！　さらば中途半端な立ち位置……！）

チョロ松は、ゲスな笑みを浮かべて口の片端を吊《つ》り上げる。

（これであと、カラ松さえ葬《ほうむ》れば僕が長男……責任感と落ち着き、頼り甲斐《がい》の演出にコミットする、長男という肩書きが手に入る……！　長男となったあかつきには、オシャレなカフェでWacBook使ってノマドワーカー、コワーキングスペースにドロップイン！　僕は全《すべ》ての者に認められ、そして行き着く先は――）

ぐふ、ぐふふ、とチョロ松は笑いを抑えきれない。

「トト子《こ》ちゃんと結婚～！　フォッ、フォーッ、フォ――ッ!!!　超絶かわいいよトト子ちゃ――ん!!!」

自分の体を抱きしめて身悶《みもだ》えるチョロ松の背後では、新三男、一松が怯《おび》えていた。

「ヤ、ヤバイ……上、もう二人しかいない…………。二人いなくなったらおれが長男……？　そんなプレッシャー、耐えられるわけない……！」

冷や汗を垂らしながら、一松はぶんぶんと首を横に振る。

（カラ松には期待できないし、ここはチョロ松に頑張ってもらわないと……）

「そうだぞおそ松。チョロ松兄さんに逆らうな。……この負け犬が」

「一松まで⁉」

「ほら、一松も僕の政権に賛同してくれている！」

喜色満面《きしよくまんめん》のチョロ松。

一松は、「まあね」と呻くように答えた後、しかしドス黒い闇《やみ》のオーラを放ちながら、

「なあ、チョロ松わかってるよなあ？　お前はヘタこくんじゃねえぞ？　もしおれが長男になるような時がきたら……いっそ全員殺して終わりにするからなぁ……？」

「なんか急に脅《おど》してきたんだけど‼」

その一方。

「やったー！　やったー！」

部屋の中を縦横無尽《じゅうおうむじん》にきりもみ回転しながら飛び回る十四松。

「あれ？　十四松兄さんも喜んでる？　兄弟の順番なんて気にしてないと思ってたけど」

トド松が意外そうに声をかけると、十四松は、

「だって！　ぼく四男でしょ！　四男ってことは四番でしょ！」

「いや、四男ってことは四男であって、四番じゃないと思うよ」

トド松の冷静な対応。

「四番だー！　四番！　ヒュゥォォオオ――――！　ピッチャーびびってる――――‼」

しかし十四松は聞く耳を持たず、取り出したバットを振り回し、その回転力を利用して

宙に浮きあがる。原理は知らない。そして何度も天井に頭を打ち続けて満足そう。

「さあ――時は満ちたようだな……！」

そこに朗々《ろうろう》と響いたのは、カラ松の美声だった。

さして長くない髪をかき上げ、室内にもかかわらずサングラスをかけると、

「クソ政権にピリオドだ!! オールリルブラザーズ？ 今こそカラ松ワールドに飛びこんでこい!!」

バッ――！ とカラ松は陶酔《とうすい》し、両腕を広げて天井を仰ぐ。が――。

「……ブラザー？」

ややあって目を開けると、もう部屋には誰もいなかった。

◇

「ったく……なんなんだよあいつら、俺が末っ子になったとたんにさぁ……」

パシらされたおそ松は、口を尖《とが》らせながら河原《かわら》沿いの土手を歩いていた。

「えっと、トド松が焼きそばパンにオレンジジュース？ んで、チョロ松が今日発売のアイドル雑誌、一松がキャットフードで、十四松がサインボール。んでカラ松がコロッケパンか」

おそ松はもぐもぐと口を動かしながら愚痴《ぐち》を垂れる。

「ざけんなよ、ったく。まあ、サインボールはなかったしカラ松のコロッケパンはもう食

っちゃったけど」

商店街へ入ると、「ちくしょう！」の声とともに、コロッケパンの包みをゴミ箱へ投げ捨てる。

「こちとら、ずーっと長男やってきたんだよ？　もっとさぁ、長男お疲れさま～とか、ゆっくり休んでね～とか、花束贈呈《ぞうてい》みたいなのあってもよかったんじゃない？」

買い物袋を腕にさげ、両手をポケットに突っこんだおそ松が、ぶつぶつ呟《つぶや》いていると、

「オイ、お前」

目の前に、ぬっと大きな影が立ちはだかった。

「……ん？」

顔を上げると、こめかみに青筋《あおすじ》を浮かべた男たちが、おそ松を見ている。どいつも頭がモヒカンだったり、鋼鉄のマスクやトゲのついた肩パッドをしていたり、世紀末の様相を呈《てい》していた。

「お前——松野家の末弟、松野トド松だな？」

「……は？」

ぽかんと口を開けるおそ松に、別の男たちが、

「いや、松野十四松だろう」

「違うぞ、松野チョロ松だ」

「松野一松だよな？」

「松野カラ松に違《ちげ》えねえ」

と畳《たた》みかけた。

「えーと、お宅ら、どちらさま？」

おそ松は、明らかに迷惑そうに顔をしかめた。

「忘れたとは言わせんぞ！」

最初に声をかけてきた男は、鋼鉄のムチでびゅんびゅんと空気を裂いている。

「松野トド松、ワシにも合コンセッティングするとか言いながら、妹の連絡先だけ聞き出していったろう！」

「ええー、トッティそんなエグいことしてんの？」

「イヤ、コイツは松野十四松じゃああ！　あの野郎の、ひとりトスバッティングの球が、ウチで飼ってるピヨちゃん（ひよこ）の脳天に直撃したんじゃああ!!!」

報復のつもりか、男は釘《くぎ》バットを振り回していた。手にしている球には、ご丁寧《ていねい》に『松野十四松』と名前が書いてある。

「ああ……十四松、いまだにパンツにも名前書いてるもんね」

おそ松が腕組みして頷くと、

「ダアァァアリャァアア！　松野チョロ松ゥゥゥウウウウウ！」

次の男が、ハデにあごを持ち上げてガンを飛ばしてきた。組み合わせた手の指を、バキバキと鳴らしている。

「ああ、はいはい。チョロ松ね？　なにしたのアイツは」

「てめぇアイドル現場でオレの推《お》しが歌ってる時ィィ！　いっつも後方に陣取《じんど》って彼氏ヅラすんのやめろやワリャァアコラァアァ!!?」

「最近のドルオタにはこんなタイプもいんだねー。次は？」

　フルフェイスのヘルメットをかぶり、裸《はだか》の上半身にトゲのついたサスペンダーをした男だった。ぼそぼそと小声でしゃべっているのに耳を傾けてやると、

「いちまつ……あいつ……おれのなわばりの……ねこ……てなずけた……」

　ぎゅっ、と握りしめた手の中にあるのは、どうも手榴弾《しゅりゅうだん》に見える。

「お、おー……、マジで……？　次は……」

　真っ赤なモヒカンと素肌《すはだ》に革《かわ》ジャンの男が、片手で銀色のハサミをチャキチャキ鳴らし、もう一方の手には、きらりと閃《ひらめ》くカミソリを持っていた。

「オレ？　覚えてないかなぁ、カラ松君の髪切った後、店に8時間も居座られて鏡の前でカッコつけられたサロンの店長だよぉ！　あれからお客さん来なくなっちゃってねぇ！」

「それは……」

　目の下にがっつりクマを作った店長のことはさすがに可哀相《かわいそう》になりながら、それでもおそ松は、はぁぁと深いため息をついた。

「めんどくさいなぁ……いつもなら相手してやるけど、俺いま、末っ子なんだってば」

「はぁ!?」

「わけのわからんことを言わんのじゃあああ!!!」

「ダアァァァワリャァア!!」

「しね……」

「消えてくれるよねぇぇぇ?」

「だから、関係ないって言ってんのに……!」

「死にさらせェェェェエ!!!!!」

男たちがおのおのの武器を振りかぶり、おそ松に襲《おそ》いかかる。

対するおそ松は、眼光を鋭くし、ぐっと腰を落とす。

「しかたない。弟たちの不祥事《ふしょうじ》だ。俺がけじめをつけなきゃな……」

覚悟を決めた。長く掲《かか》げた長男の看板《かんばん》は軽くない。決める時は決めなきゃなと思いつつ、
殺到《さっとう》する男たちのただならぬ気迫を目の当《ま》たりにして――

「逃げろ――――――」

一目散《いちもくさん》に逃げ出した。

男たちが怒号《どごう》とともに追いかけてくるが、振り向きもしない。

「やっぱ俺いま末っ子だから！　何の責任もない立場だから！」

長男の時でも変わらないくせに、そう叫んでさらに逃げる。

逃げ足だけは一級品のおそ松だ。体がでかいだけの連中に捕まるようなヘマはしない。

――なのに。

(あれ……？　俺、どうしたんだろ)

おそ松の逃げる速度が次第《しだい》に落ちてきていた。

体力はたしかにないが、そのせいじゃない。

背後からは男たちの怒声《どせい》が追いかけてくる。怒りは頂点に達していた。恨み続けて、やっと見つけて、なのに謝《あやま》らせるどころか目の前で逃げられたのだ。絶対に捕まえて、ギタギタにしてやると思うのが普通だ。

「ウラァァァアア！　どこまで逃げても必ず捕まえてやるからなアァァアア!!」

「今日逃げたって明日！　明日逃げたって明後日《あさって》！　捕まえてやるよぉぉおおお!?」

(俺がこのまま逃げ切れば、やつら、その代りに弟たちを襲うのかな)

逃げ足が鈍《にぶ》ったのはそう考えてしまったせいかもしれない。

(いやいや自業自得《じごうじとく》だろ。俺が気にすることじゃない。気にすることじゃない、のに……どうして……？)

昔のことを少し思い出した。

こんなに喧嘩《けんか》ばかりするようになったのはいつからだっけ。なんだかんだ言って弟たちは大事なところで俺を立ててくれたし、甘えられたら悪い気はしなかった。

弟たちの言葉が心の中に響く。

『うちは長男がこんな中身スカスカのバカだから、その下の弟たちも、いつまでも自立できないんだよ』

『あはは、長男向いてない説！』

『ほんっっとにクズだね⁉ 自分のことしか考えてないの⁉』

五人の顔が次々に思い浮かぶと、だんだん迷いが生じて——

「おらぁ！ 捕まえたぞヒャッハァァァアアア！」

「痛って……！」

肩を強引に摑《つか》まれて、ついにおそ松の足は止まってしまった。

「ヒャッハァァァアアア！ かわいがってやるぜェェエエエ⁉」

「水と食糧《しょくりょう》を出せ！ ありったけだ！」

「女はキング様に献上《けんじょう》だぁああ！ ヒャッハァァァアアア！」

おそ松を捕まえた喜びでテンションが上がり、おかしなことを口走る男たち。

キング様とか知らないし、さっきまでこんなにヒャッハー言ってなかった。

そして次の一言がおそ松の心に火をつけた。

「あんなクソの役にも立たねぇ兄弟をもってお前も不幸だなぁ⁉」

「……何だってぇ⁉」

おそ松は、男たちをキッと睨みつけた。

（あれ……何で……？）

体が勝手に。5対1だぞ？ 喧嘩して勝てるわけがないだろ？ やめとけよ。

頭で考えたことじゃない。魂《たましい》に突き動かされた、というのがきっと正しい。

気づけばおそ松は拳《こぶし》を握りしめ、毅然《きぜん》とこう叫んでいた。

「俺は松野おそ松だ！　元・長男の意地見せてやるよ!!」

◇

――その頃の松野家。

「ねぇ、おそ松兄さ――じゃない、おそ松の帰り遅くない？」

さっきまで漫画を読んでいたトド松が、ふと不安げな声を出した。

「そういえば、そうだね。買い物だけならもう帰ってきてもいいのに」

チョロ松も腕組みしながら時計を見た。

「サインボールもらいにドミニカいってるんだー！」

「なら途中で息絶えてるかも……」

十四松と一松がそう言うと、落ち着かない空気が部屋に流れる。

「……もう暗いね。ボクが一人で買い出しに行ってたら、不安になるかも」

窓の外を見て、夜に一人でトイレへ行けないトド松がぽつりと言った。

「……嫌な予感がする。長男としては放っておけないな」

カラ松が部屋を出ようとすると、他の兄弟たちも黙って立ち上がった。

◇

「おーい！　おそ松ー！　どこだー⁉」

「おそ松――？」

「おそ松兄さ――ん！」

兄弟五人は家を出て、帰らないおそ松を捜す。

商店街、公園、行きつけのパチンコ屋。捜し回ってもなかなか見つからない。

やがて、河川敷《かせんじき》のある道に出る。土手から見える橋の上を、がたごとと最終電車が通り過ぎていく。その向こうに、鈍く光る上弦《じょうげん》の月。

「――あーあ、なんか今日は疲れちゃったよ～」

その下をとぼとぼ歩くおそ松の後ろ姿を、五人はついに見つけた。

「おそ松兄さ――ん‼」

トド松が一番に名前を呼んだ。

背中から聞こえてきたその声に、おそ松は振り返った。

土手道の向こうから、五人分のシルエットが走ってくる。

「あいつら……」

はっきり見えるほどに近づいてきたその影は、カラ松、チョロ松、一松、十四松、トド松――おそ松の五人の兄たちだ。

「もー！　何やってんだよ！　帰りが遅いから捜しに来たんだよ！」

「あー悪い悪い、ちょっとヤボ用があってさー」

右手を上げてトド松に応えようとしたおそ松は、「あ痛っ」と小さな声を洩《も》らして肩を押さえた。

「ど、どうしたの？　怪我《けが》してるの？」

「ん？　あーいやいや、大したことないって。ちょっと強めに摑まれただけ」

「ちょっと、摑まれたって誰に？」

心配そうな目で訊《き》いてくるトド松に、おそ松はいつもの軽い調子で返す。

「やー何でもないって。何でもない」

「何でもなくはないだろう、おそ松。オレたちの間に隠しごとはなしだ」

カラ松をはじめ、詰め寄ってくる兄弟たち。

「あはは……お前らに隠しごとはできないな」

おそ松は、兄弟たちの真剣な瞳の前に、降参《こうさん》だと両手を上げた。

そして「じゃー仕方ないな」と呟くと——

土手道の向こうから走ってくる、また別の、五人のシルエットに手を振った。

「おーい！　こっちこっちー！」

屈強《くっきょう》な肉体をしたその五人は、荒々しい足音を響かせて近づいてくる。

「「「「「え？」」」」」と、同時に振り返る兄弟たち。

男たちの姿が外灯に照らされ、だんだん見えてくると、兄弟たちは飛び上がる。

「「「「「ってなんで⁉」」」」」

五人それぞれに見覚えがあった。兄弟たちは驚きに目を剝《む》く。

おそ松は、なぜ彼らが自分とつながっているのか知りたいだろう兄弟に、教えてやる。

「あー、あれ、俺の新しい弟」

「「「「「はぁぁぁあ⁉」」」」」

「あいつらみんなお前らに恨みがあるって言うからさー。俺も日頃の恨みつらみを話したわけ。そしたら意気投合しちゃってさー。じゃ一緒に復讐《ふくしゅう》しようってなったわけ」

「さっすがだぜおそ松の兄貴！　ヒャッハァァアアア！」

「おそ松兄貴の分も、オレたちが痛い目見せてやんよォオオ！　ヒャッハァァアアア！」

「あっはは、新しい弟たちはかわいいやつらだなー」

「お前……！　お前……！」

さっきまでのしおらしい態度を恥《は》じるように、トド松は耳まで真っ赤にする。握った拳がぷるぷる震えて、怒りもあいまってそれ以上の言葉が出てこない。

しかし、血気盛んなおそ松の新しい弟たちはそんな都合知ったことじゃない。

「お前が本物の松野トド松だな⁉」

「松野十四松！　ピヨちゃんの恨み、今こそ晴らすぞ！」

「ダアァァアリャァァアア！　松野チョロ松！　現場で一生彼氏ヅラできない体にしてやんよォォォオオオ！」

「松野一松……ねこ……わたさない……」

「経営難の責任とってよぉぉおお！　松野カラ松〜！」

「「「「うわぁぁあああ〜〜！」」」」

脱兎《だっと》のごとく逃げ出す兄弟たち。

「あっはっは！　長男の俺を甘く見たツケだな〜……ってごぶぇえっ⁉」

「やっぱお前長男失格————‼」

高笑いするおそ松の顔面に、トド松の携帯がクリーンヒットする。

——今夜も平和な月の下、野良《のら》犬の遠吠《とおぼ》えと兄弟たちの悲鳴が町に響き渡った。

劇団カラ松

LIGHT NOVEL
OSOMATSUSAN
MAEMATSU

「うーん……どうしよう……」

ある日のこと。真っ昼間の往来《おうらい》で、うんうん悩んでいるのは三男チョロ松《まつ》。

そこへやってきたのはおそ松《まつ》とカラ松《まつ》の二人だ。

目ざとく、悩む弟を見つけたカラ松は、曇《くも》っているのに装着した無意味なサングラスの位置を少し下げ、隙間《すきま》から覗《のぞ》きこむようにして声をかけた。

「悩みがあるなら聞こうかブラザー？」

「ん？」

声をかけられ、何の感動もない目で次兄を見ると、チョロ松は諦《あきら》めたように答えた。

「……はぁ、もうカラ松兄さんでいいかな」

ひどい言い草である。

とはいえ、カラ松の声かけに素直に応じるのも珍《めずら》しい。相当参ってんのかなと、拾った競馬新聞片手におそ松は思う。

「実は次の水曜日、にゃーちゃんが遊園地でイベントをやるんだ。そこでプレゼントをあげたいんだけど、どうやって渡せばいいかわからなくてさ」

んなことかよ、という顔をするおそ松。

一方、カラ松は真面目《まじめ》に耳を傾け、

「ほうほう、そういうことか。好きな子へのプレゼント、緊張するよな。ちなみに、何をあげるつもりなんだ？　お菓子か？　アクセサリーか？」

「ああ、僕が過去にくりだした冴《さ》えてるコール集をあげようと思ってね」

「ッ!?」

チョロ松はいたって爽《さわ》やかにそう答え、ゴソゴソと鞄《かばん》から大学ノートを取り出す。

「ノートにまとめたんだ。ほら」

「あ、ああ……」と、手に取るカラ松。

表紙にはご丁寧《ていねい》に『松野《まつの》チョロ松　黄金のコール集』とサインペンで書かれ、すっかりくたくたになったノートからは、時間をかけて書き足されていったのだろう、高すぎる自意識とアイドルへの妄執《もうしゅう》がにじみでていた。一言で言えば気持ちが悪い。

「あ、ああ……そう、か……」

実の弟の暴挙を目の当《ま》たりにし、言葉を探すカラ松。

「え？　正気？　考えうる限り最高にキモいんだけど」

しかし、そこを何の気兼《きが》ねもなく突っこめるのが長男おそ松の強さである。

「いや本当に冴えてるんだ。他の連中とは質が違う。何なら公式に採用してもらったって構わない」

「うわぁ……これいっちばんダメなこじらせ方だよ」

おそ松は嫌悪感を丸出しにする。意識の高いアイドルオタクほどやっかいなものはない。

「え、何？　勝手なコールで場を乱したあげく、それをノートにまとめてアイドルに渡すの？　正気の沙汰《さた》じゃないよ？　他人のフリしていい？」

「おきまりのコールじゃ僕の気持ちは伝わらないんだ。だから僕は一人だけ、とびきり冴えたコールを打つ。そのおかげでアイドルからの認知ももらえている」

「それ悪目立《わるめだ》ちしてるだけだから！　ほんっとに気持ち悪いから！」

チョロ松から距離を取るおそ松。

このままでは、弟は人としての道を踏み外してしまう。以前からやばいやばいとは思っていたがいよいよやばい。職がないのにアイドルに入れこむ男にどんな未来があるというのだろうか。今のチョロ松は一人で崖《がけ》に向かって突っ走っているような状態である。止めなければいろいろ危ない。

「もー、カラ松からも何か言ってやってよ」

呆《あき》れ果てたおそ松は、次男としての立場からカラ松にもフォローを求める。

「そういうことか……チョロ松」

するとカラ松は事の重大さを理解したのか重々しく頷《うなず》いた。

そして、パッチィィン！　と景気よく指を鳴らした。

「ならばこの元演劇部、松野カラ松に任せておけ！　最高のシチュエーションでアイドルにプレゼントを渡すぞ！」

「何でだよ！　そういう流れじゃなかったでしょ⁉　お前馬鹿《ばか》なの⁉」

「ああそうだ。男はみんな馬鹿な生き物さ……」

「カラ松兄さん……！」

「馬鹿はお前ら二人だよ‼」

◇

聞けばカラ松は、時々近所の公園で、ちびっ子を集めて芝居《しばい》の稽古《けいこ》をしているらしい。

「カラ松チルドレンはみな芝居心に溢《あふ》れた良い役者たちだ……！」

「なにその呼び名すげえ腹立つ」

おそ松は目を細める。兄弟が構ってくれないから、まだ遊んでくれる小学生のほうが良いという痛々しい事実が透けて見えるが、あまりに辛《つら》すぎるので誰も口には出せない。

「そんなオレの腕の見せどころだ。任せておけ！」

「どんなオレだよ。不安しかないわ」

しかしチョロ松としては、すがれるものがあるならすがりたい気持ちだ。

「じゃあカラ松兄さん、今回はその子たちに協力してもらって、僕の手助けをしてくれるってこと？」

「ああ、そうしたい……が、今回はＮＧだ」

「どうして？　優秀な子たちなんでしょ？」

するとカラ松は遠い目をして答えた。

「水曜日ってのは……平日だからな」

「なんか僕たちにもダメージきたよ」

平日の昼間にこれほど暇《ひま》を持て余すのは、界隈《かいわい》では6つ子くらいのものである。学校に行っているぶん、小学生の方がまだ社会的なランクは上である。

なのでやむなく、ほかの兄弟たちの助けを借りなくてはならない。

おそ松が家へ弟たちを呼びに行き、待ち合わせ場所の公園へ戻ると、カラ松はベンチで足を組み、真剣な顔でノートに何かを書いていた。

早速《さっそく》トド松《まつ》が疑問をぶつける。

「カラ松兄さんは何してんの？」

「フフ、シノプシスを書いているのさ」

「……シノプシスってなんだよ、クソ松が」一松《いちまつ》が尋《たず》ねる。

「変化球!?　変化球!?　ベルトの位置から鋭く落ちるシノプシィィ――ス！」

「変化球じゃない、十四松《じゅうしまつ》。シノプシスというのは演劇のあらすじさ」

弟たちに話して聞かせるカラ松は得意そうな表情。やっと自《みずか》らの演劇部出身という経験を生かせるチャンスに恵まれ、水を得た魚のようだった。

「わかった！　助《すけ》っ人《と》外国人だ！　ドミニカからやってきた暴れん坊！　シノプ――シスウゥ!!　フウゥゥウ!!」

「助っ人外国人でもない、十四松」

基本的に一度ではわかってくれない五男を軽くいなしつつ、「ふぅ」とカラ松は息を吐くと、サングラスをチャッ、と外した。

「よし、いいシノプシスができた」

その言葉で、わらわらと集まってくる兄弟たち。

そしてカラ松はタイトルを発表する。

「タイトルは……『オレ・マスト・ダイ』だ！」

「それお前が主役になってんじゃねえか。やり直せ」

「イッタイね～！　何でそんなタイトル出てくんの？　ボク血が出そうだよ助けて～！」

「すぐ死ね。宣言したならすぐに死ね」

チョロ松、トド松、一松の順で、流れるように叩《たた》かれる。しかし鋼《はがね》のハートを持つカラ松はそんなことでは動じない。

「まぁ聞け。内容はちゃんとお前を中心にしてある。安心しろ」

眉根《まゆね》を寄せるチョロ松に視線を送り、ニッと笑ってみせるカラ松。

「本当？」

「あぁ。せっかくだ。プレゼントを渡すだけじゃなく、あわよくばあの子猫ちゃんを振り向かせようじゃあないか？」

「そ、そんなことできるの？」

途端《とたん》に色めき立つチョロ松。

「あぁできるさ。少し長くなるが聞いてくれるか？」

「あぁ聞く聞く！　頼むよ！」

「よし。……ンン！」

カラ松は咳払《せきばら》いすると、台本を片手に立ち上がる。それは一人芝居をするような大仰《おおぎょう》さで、自然と兄弟たちの視線と期待を集める。カラ松は、おもむろに語りはじめた。

「まず子猫ちゃんが暴漢《ぼうかん》に襲《おそ》われる。それをチョロ松が劇的に助け、その流れでプレゼントを渡せばイチコロって寸法さ。以上だ」

「短《みじけ》え!!」

「そしてダッサ!!」

「おい、腹立つからそのグラサン割らせろ。早く」

再び三人から畳《たた》みかけるように叩かれる。

「奴《やつ》は陽気なドミニカァン！　四番ＤＨシノペーニョォォ―――――ス!!」

「何がいけないんだ!?　ホワイ!?」

両手を広げ、アメリカンスタイルで疑問を呈《てい》するカラ松。バットを片手に奇声《きせい》を上げて走り回る十四松には特に触れない。

そこで、ずっと腕を組んで様子を見ていたおそ松が口を開いた。

「んー、まぁでも、古臭い展開だけど、王道っちゃ王道かもね」

「おお……！　わかってくれるかおそ松……！」

「俺たちも暇だしさ、付き合ってやろうか？　ちょっと面白《おもしろ》そうだし？」

言われると、兄弟たちも「まぁ暇つぶしくらいなら」という気持ちになってくる。

そうして、他に代案が出るわけでもなく、ひとまずカラ松の筋書き通りに作戦を進めることに決定する。

再びカラ松の指が、パチィイン！　と音を響かせる。

「劇団カラ松――ショウタイムだ」

◇

「よーい！　スタートゥ！」

カラ松のかけ声とカチンコの音に合わせ、リハーサルが始まる。

「お前たちの魂《たましい》の芝居……期待してるぜ……！」

監督――カラ松。

「うふふー♥　今日はいいライブだったナー♥」

にゃーちゃん役――トド松（フル女装）。

「なんか……だんだん不安になってきた……」

ヒーロー役――チョロ松。

「いやー。芝居とか、俺の新たな才能目覚めちゃうかもなー？　ははっ」

「おれは通行人役とかでいいんだけど……ダメなの……？」

「頑張らナイトゲ――――――ム！」

その他三名――暴漢役。

以上のシンプルな配役でお送りする劇団カラ松の初公演。

キーとなるのは暴漢役である。そのため、まずは暴漢役の三人に一人ずつ交代でその荒くれぶりを披露《ひろう》してもらうことになった。

「おうおうおう！」

まず現れたのは、暴漢一号――十四松。

愛用のバットを肩に乗せ、ガニ股《また》でぐいぐいと、トド松扮《ふん》するにゃーちゃんに迫る。

トド松は震え声で答えた。

「な、な、何ですか……？」

「野球やんない⁉」

「スト――――ップ！」

監督の一声で芝居が止まる。

すかさずチョロ松が突っこみを入れた。

「待って待って。それわりといい奴じゃん。野球誘っちゃダメだって。暴漢なんだからさ、いちゃもんつけなきゃ。わかる？」

「水筒も持ってきたよ！」

「だからいい奴じゃん」

「粉《こな》で作ったうっっっすいポカリ！」

「まぁそれはいいんだけどさ」

——仕切り直し。

改めてチョロ松が釘《くぎ》を刺す。

「いい？　十四松？　まず野球から離れるんだ。いいね？」

「うん！　わかった！　野球から離れる！」

そして監督カラ松のかけ声が場を引き締める。

「よしじゃあテイク2だ！　レディ——アクション！」

カチン！　という音に合わせ、よたよたと十四松がトド松に近づいてくる。

「よーよー、そこのネーチャン？」

「お、そうそう！　そういうのだよ！」

なかなかの仕上がりにチョロ松もテンションが上がる。

「な、な、何ですか……？」

内またになり、体をひねって怯《おび》えるトド松。

「ぐへへへ……」

そのトド松の胸や腰回り、あるいは太ももをいやらしく見て、舌《した》なめずりする十四松。

兄弟たちも「おぉ」と目を瞠《みは》る。この流れは、「イイ体してんじゃねーか」そして「俺と

内緒でイイコトしねーか？」へと続くチンピラ界で連綿《れんめん》と受け継がれる黄金パターンだ！

十四松は言った。

「ぐへへ……いいスイングしてんじゃねえか……」

「球団のスカウトかよ！」

そうじゃねえよ！　とチョロ松が叫ぶ。

「その、アレだよね！　下半身があの、そう！　なんかイイよね！」

「褒《ほ》め方もわかんないなら言わないで⁉」

こうなると、全員一致の判断が下される。

「「「「クビにしよう」」」」

十四松が「一言でいいから台詞《せりふ》をやりたい」と食い下がるものの、「いや趣旨《しゅし》変わってきちゃってるじゃん」とチョロ松がそもそも論で対抗する。

「ＯＫ、わかった。じゃあ十四松にはどこかで一言台詞を用意しよう」

最終的には監督カラ松のそんな提案で落ち着いた。

◇

「もー見てらんないよ、俺に代われ」

次は暴漢二号、おそ松が手を上げた。

長男おそ松。クズ揃《ぞろ》いの６つ子の中でも特にクズという、長男にあるまじき個性を誇《ほこ》る男である。不安顔のチョロ松は目を細め、念のため確認する。

「……ちゃんとやれんだよね？　頼むよ？」

「まーかせとけって！　意外とお兄ちゃん器用なんだよー？」

おそ松はいつものクッソ軽い調子でひらひら手を振って答えるが、眉間《みけん》に皺《しわ》を寄せるチョロ松の不安は拭《ぬぐ》えない。

「よーし！　じゃあテイク３！　……アクショォン！」

カチンコの音に合わせ、おそ松がのろのろと歩き出した。

「あーしくったー。ほんっともうちょいだったんだけどなー。あー。しくったー」

小芝居《こしばい》を入れながら、丸めた競馬新聞で手のひらをバシバシと叩く。

「お？」と、そこで見つけたのは、アイドルのようなかわいらしい少女だ。

「あーそこのお姉さん？　ちょっと待ってー？」

へらへらと笑いながら、近づいていくおそ松。

ここまではなかなかチャラくていい感じ。チョロ松も兄を少し見直した。

しかしおそ松は、少女の肩に腕を回したり、強引に腕を摑《つか》んだりすることはなく、

「ちょっとさー？　２０００円貸してくんない？　今月苦しくてさー。お願い！」

パン、と顔の前で両手を合わせ、頭を下げた。

「１５００円でもいいから！　ね！」

流れるようなウインク。そんな仕草《しぐさ》がやけに板についていた。

「……じゃあ1000円！」

愛嬌《あいきょう》だけで何とかしてきた人間特有の軽々しさが隠せない。

「もう少しで絶対確変くるんだってー。ね？　お願い！　……じゃあ500円！」

「たかり方がリアルで見てらんないよ！　ほんっとクズだね⁉」

たまらずトド松がヅラを投げ捨て、声を上げる。

「えー？　ダメなのー？」

これでは暴漢というよりただのダメな彼氏なのでおそ松も使えない。

◇

ここで監督が自ら動いた。

「仕方がないな。オレの手本を見ていろ。……一松ちょっと頼めるか？」

「……え？」

やっぱり芝居なんて自分に向いていないと、猫と戯《たわむ》れていた一松に協力を頼み、カラ松は手本を買って出る。

「んじゃ、テイク4～。出走～」

カラ松の代わりにカチンコを任されたおそ松が、やさぐれ気味に合図を出した。

「…………」

しかし一松はなかなか動かない。頭の上に乗せた猫があくびをした。どうやら一松は、絡《から》まなければいけない相手のトド松から必死に目を逸《そ》らそうとしているようだった。

「どうしたの一松兄さん？　ほら早く絡んできてよ」

「う、うるさいな……」

トド松に促《うなが》されても、ちらっと視線を返すだけで、やはり直視できない一松。

その挙動不審《きょどうふしん》ぶりはまさに思春期だった。しかも女子と滅多《めった》におしゃべりすることのない日陰《ひかげ》の住人のそれである。それを察したトド松が目を剝《む》いた。

「ちょっとちょっと！　なに意識してんの⁉　女装してたってボクたちおんなじ顔なんだよ⁉」

「ううう、うるさい！　そんな格好《かっこう》してるお前が悪いんだろ⁉」

女装した弟に緊張して、言い返すのにも口ごもってしまう一松。もう二十歳《はたち》すぎである。

「わかった……わかったよ……！　ちゃんとやればいいんだろ……！」

醜態《しゅうたい》を晒《さら》してしまったことで覚悟を決めた一松は、余計な考えを振り払うため、自分の中に眠る闇《やみ》のオーラを解放した。頭の上の猫があわてて逃げる。

そのまま一松は芝居に入った。

「そこのあんた……？　ちょっとおれと遊ばない……？」

もともと根暗な一松である。さらに闇のオーラをまとってしまえば、その迫力はチンピラどころじゃなくもはや死神。ちょっと遊ぶと言ったって、そのままあの世にシケこんでしまいそうな怖ろしさがあった。

「ぎゃ――⁉」

迫真の悲鳴。トド松の演技も乗ってくる。というか素《す》の悲鳴である。

さらに、トド松の背後に迫る暴漢の仲間らしき影。それがカラ松である。

「ヘイ、そこのガール？」

「だ……誰っ⁉　まさか二人がかりで私をっ……⁉」

恐怖に喉《のど》を詰まらせながら振り返るトド松。しかし、その姿を見た途端、言葉を失った。

「…………」

「どうしたんだ？　かわいそうな子猫ガール？」

そこにいたのは、ラメラメの服に真っ赤なマントを羽織《はお》り、ヒーローっぽい仮面をつけたカラ松。

「もう心配いらない。下がってい――ワッツハプンッッ⁉」

「お前が助けに来てんじゃねえか！」

トド松の脇《わき》を抜け、チョロ松がカラ松の顔面を思いきり蹴《け》り抜いた。

「お前がモテてどうすんだクソが！　いや絶対モテねぇけど！」

――そんなこんなで。

チョロ松のガチ恋を成就《じょうじゅ》させるべく、あるいはただ単に暇をつぶすため、稽古を重ねる6つ子たち。その成果もあり、着々と実力をつけていく。

そして、当日の水曜日を迎えた。

◇

——遊園地ライブ当日。

「にゃーちゃ——ん！　こっち！　こっち！　目線くださ——い！」

チョロ松が橋本《はしもと》にゃーの遊園地ライブにハッスルしている間、おそ松は思い出したようにカラ松へ疑問をぶつけた。

「あのさー。みんなの芝居でチョロ松を助けるのはいいけど、あいつが用意してるクソプレゼント。あれ渡したところで嫌われるだけじゃない？」

「それなら心配無用だ。すでにオレが代わりを用意してすり替えておいた」

「あ、そうなの？　ならいいけど」

そしてライブは無事終了し、あとは帰り道を狙《ねら》うだけ。

組んだ円陣《えんじん》の真ん中で、チョロ松は兄弟たちの顔を緊張の面持《おもも》ちで見渡した。

「じゃあ、みんな頼むよ？」

「ああ。俺たちに任しとけって！」

おそ松が自分の胸をどんと叩くと、他の兄弟たちも頷きあって事前に決めた配置につく。

「グッドラックだ。ブラザー」

監督カラ松は、チョロ松の肩に拳《こぶし》をぶつけてウインクすると、いつものようにサングラスをかけ、全体が見渡せる高台に陣取《じんど》った。

「……やれる。きっとやれるぞ」

チョロ松は深呼吸をする。これほど兄弟たちを頼もしく思ったことはない。

雲一つない青空。燦々《さんさん》とした太陽が天頂を過ぎ、気温が上がっていく。

……ついに本番が始まる。

◇

「お疲れさまでしたー(=^・^=)」

ターゲット・橋本にゃーが、現場から事務所のバンで撤収《てっしゅう》すると、事務所や自宅ではなく駅前で降ろしてもらうということは、チョロ松に言わせれば常識である。

彼女はウインドウショッピングが趣味のようで、仕事のあとはクールダウンをするように街を少し歩いてから帰路につく。

「……想定通りだ」

植えこみに身をひそめ、バンから降りたターゲットを確認すると、チョロ松はにやりとほくそ笑んだ。末期である。

「ふんふーん(=^・^=)」

今日はいつもより客の入りが多かった。だからターゲットも気分よさげな様子で、軽くステップを踏みながら大通りを歩く。

「はぁ……かわいい……。にゃーちゃんはプライベートもかわいいなぁ……！」

よだれを拭うチョロ松。

「おっと、いけない、いけない。そろそろだな」

いつまでもこうしてストーキングを楽しんでいるわけにもいかない。

そろそろ、ターゲットがお気に入りの雑貨屋へ行くために、寂《さび》れた路地裏に入る。

そこで暴漢役の兄弟たちがスタンバッている手筈《てはず》だった。

「ふんふーん。今日はクソオタどもの金で散財しちゃうぞー(=^・^=)」

調子のよかった物販の売上にほくほく顔のターゲットが、スキップしながら路地裏へ入ると、そこへ待ち受けていたのはマスクをつけたおそ松。

「ねーねーきみ、かわいいねー?」

「……えっ?」

行く手を阻《はば》まれ、足を止めるターゲット。

チョロ松は会心《かいしん》の展開に拳を握る。入り方はバッチリだ。

リハーサルではやり方が生々《なまなま》しかったおそ松には、もっとわかりやすくやってくれと注文してある。あとはそれ通りにやってくれればいい。

(僕に協力するのは暇つぶしだって言ってたけど、きっとあれは照《て》れ隠しだろう)

何だかんだと、ずっと稽古には付き合ってくれたおそ松。普段は口に出すのも憚《はばか》られるようなド腐《ぐさ》れフニャ●ンクズ野郎だけど、この世に五人しかいない弟のことなら、それなりに面倒《めんどう》を見てくれる長男だ。

この作戦がうまくいったら、アイドルの友達でも紹介してあげなきゃなと、チョロ松は思う。胸の温まるような兄弟愛である。

「あのさー？」

「な、なんですか……？」

「パンツくんない？」

「にゃっ⁉」

「いやー、うちの弟がきみのパンツほしがっててさぁ。だからくんない？」

何言い出してんだあの野郎……！　怒りで小刻《こきざ》みに震えはじめるチョロ松。しかしここで飛び出してしまってはすべて台無しだ。ぐっと我慢《がまん》して、浮かせた腰を再び下ろす。

しかしおそ松はそんなこと気にもかけず、

「ああ、ちなみにそいつ、チョロ松って言うんだけど」

「オイコラァァアア！　このド腐れフニャチ●クズ野郎がァァァアアアア！」

「まー、あいつのことだから、若くてかわいい女の子のパンツなら誰のでもいいんだろうけど。ははっ」

「今すぐ黙れドブ松コラァァァァアアアア‼」

チョロ松はちょうど近くに落ちていた命に関《かか》わるサイズの岩石を掴み、おそ松めがけて投げつける。

「ほげぇぇえっっ⁉」

唸《うな》りをあげた岩石は顔面に直撃し、そのままおそ松は仰向《あおむ》けに倒れて沈黙した。

◇

「まさかあそこまで馬鹿だったとは……」

チョロ松は頭を抱える。

わかりやすくやれとは言ったけど、そもそも馬鹿には言葉が通じないのだ。

「いや、もういい！　切り替えろ！　切り替えていこう！　まだ次がある！」

チョロ松は頭を振って自分に言い聞かせると、引き続きターゲットの動向を探る。

お気に入りの雑貨屋から出てきたにゃーちゃんを、再び路地裏で襲う算段だった。

きっと次の兄弟はうまくやってくれるはず。

（出てきた……！）

ターゲットは意《い》気《き》揚々《ようよう》と店から出てくる。両手には持ちきれないほどのショッピングバッグ。中身は当然、ドルオタの愛と引き換えに手に入れた物品の数々である。

次の刺客《しかく》はトド松だ。

リハーサルではにゃーちゃん役をしてくれた末っ子だが、そのかたわら、本番では暴漢役をするために稽古を重ねてくれた。

トド松は末っ子でズル賢《がしこ》いところがあるが、だからこそ機転を利《き》かせて立ち回ることができる。こういった芝居においては最も頼りになると言っても過言ではない。

それに兄弟の中で最も女心がわかる。どいつもこいつもモテなくて、女っ気の焼け野原みたいな兄弟の中で唯一《ゆいいつ》、年頃の女子との接点を持つ奇跡の男である。だから、何をされたら怖がるか、ヒーローに助けを求めたくなるか、そんな乙女心《おとめごころ》もわかるはず。

「頼んだぞ……トド松！」

チョロ松の期待を一身に受け、トド松の出番がくる。

「ふんふふんふふ～ん(=^・^=)」

「そこの女子！　待って！」

「にゃっ⁉」

（きた！）

ご機嫌にスキップを踏むターゲットの前に躍《おど》り出たのは、想定通りトド松だ。

だが、見るからに様子がおかしかった。

「何よあんた？　ふん、私よりかわいくないわね？」

トド松は腕を組み、ターゲットに向けて斜《なな》めに構えると、軽くあごを上げてメンチをきった。

ミディアムボブにしたゆるふわ巻き髪。鎖骨《さこつ》の出る丸襟《まるえり》ブラウス。ミルクティー色のチュールスカートはマキシ丈《たけ》で、上品かつドーリーな雰囲気《ふんいき》を醸《かも》し出している。その姿は暴漢とは程遠い。ただのゆるふわガールだった。

「このトド美《み》よりもね！」

（あいつ何女装に味しめてんの⁉　話ややこしくすんじゃねえよ！）

「はん！　メイクと髪型でごまかしまくってアイドル気分？　笑っちゃうわね！」

信じられないくらい陰険《いんけん》な顔で吐き捨てるトド美。

「知ってんのよ⁉　あんたもどうせTwitterやインスタで『あーわたしブスすぎ……。生まれ変わりたい……』とか言いながらバッキバキに加工した奇跡の一枚をアップして『そんなことないよ！　かわいいよ！』待ちしてんでしょ⁉」

（お前の方こそ『今日パーティあんの？』ってくらいギッチギチのフルメイクじゃねえか！　あと彼女に何の恨《うら》みがあんの⁉）

「フゥ――――ッ！」

「キィイ――――ッ！」

毛を逆立ててにらみ合うターゲットとトド美。どうしてこうなった⁉

チョロ松は頭を抱える。早くも作戦が破たんしかけている。立て直さないと！

確か次の刺客はカラ松だった。

奴も大概《たいがい》馬鹿だが、一応監督を名乗って全体を統括《とうかつ》する立場だ。それなりに状況を見ながら軌道修正してくれることを願いたい。

……なのになかなか現れない。

（何やってんだカラ松！　さっさと出てこいよ！）

「そうだ！　イヤミに借りた携帯があった！」

普段はトド松以外、携帯を持たない6つ子だが、今回はイヤミを脅《おど》して強奪した携帯がある。カラ松にはトド松の携帯を持たせてあるから、その番号にコールする。

トゥルルルル――トゥルルルル――

二度、三度。コールは鳴るけどなかなか出ない。イライラしながら根気強く待っていると、ようやくつながる。

『どうしたブラザー。こちらカラ松』

「おい！　ちょっと何してんの⁉　おそ松もトド松も全然使えねえんだよ！　監督ならどうにかしろよ！」

『ああ、済まない。衣装チェンジに時間がかかってしまって』

「も――何なの⁉　今すぐ死んで⁉」

ブツッ！　と携帯を切り、

「オラァァァアアアッ！」

怒りのままに道路に投げ捨てる。するとタイミングよくやってきたダンプに轢《ひ》かれて、イヤミの携帯は粉々《こなごな》になった。

「ちくしょう……人をなんだと思ってやがる……！」

お前も何だと思っている。

「くそう……せっかくプレゼントをいい感じで渡したかったのに……！」

チョロ松はがっくりとうなだれる。もはやここまでか。

作戦の終わりを受け入れた瞬間だった。

「……助けて……くれ……」

「何だ？」

地を這《は》うような声が聞こえて、辺《あた》りを見回す。

すると視界の端におかしな人影を見つけた。

それはこちらに向かって歩きながら、もう一つの人影を振り回しているように見える。

何を言っているのかと思うかもしれないが、本当にそうなのだ。

にゃーちゃんもトド美も、もちろんチョロ松も動きを止め、何事かと身構える。

やがて人影が、正体を確認できる距離までくると、トド美とチョロ松はそれが見知った顔だと気がついた。

「た、助けて……くれ……」

「い、一松!?」

今にも消え入りそうな声だった。まるで地獄でも一周してきたかのような顔色で、口からは泡《あわ》を吹き、全身は痙攣《けいれん》している。なぜそんなことになっているかと言えば、バットにくくりつけられ、何者かにブンブン素振りを繰り返されているからだ。

素振りの主は、十四松。

チョロ松は悟った。たしかカラ松が言っていた。

『じゃあ十四松にはどこかで一言台詞を用意しよう』

つまり十四松はその自分に与えられた台詞を言いにきたのだ。

（どんな台詞を与えられたのか知らないけど、十四松、決めてくれ！）

きっとこれが最後のチャンスだと、チョロ松は願いをかけた。

十四松は口を開く。

「ぼ、ぼくと……」

ぼくと……？

「ぐへへ、そこの暗がりで……」

そこの暗がりで……？

「…………野球やんない⁉」

まるで成長していない！

「いや……いや……っ」

恐怖で後ずさるターゲット。

十四松は台詞を必死に思い出そうと目が血走っていたからなおさらだ。

「そうそう！　野球やろ！　野球‼」

そしていっそ本格的に野球に誘いだす十四松。切り替えの早さだけはプロ並みである。

だから一層躍起《やっき》になって、ターゲットにアピールするようにブンブン素振りを繰り返す。

「……ぅぷっ」

だからそのたび、一松は命の危機に晒され、

「……もう……殺して……くれ……」

「いや―――――っ!?」

そのあまりに凄惨《せいさん》な顔に耐えきれず、にゃーちゃんは脱兎《だつと》のごとく駆け出した。

「にゃーちゃん!?」

怪我《けが》の功名だ。チョロ松はあわてて後を追った。

◇

「ゼェ……ゼェ……！　何だったのあれ……!?　新手《あらて》の拷問《ごうもん》……!?」

どれだけ走っただろうか。顔面蒼白《そうはく》の橋本にゃーは足を止め、荒い息を繰り返した。

なんとか引き離されずについてきたチョロ松は、すかさず声をかける。

「はぁ……はぁ……だ、大丈夫？　にゃーちゃん？」

「え？　あ、は、はい……」

「え、えっと、あの、あいつらは僕が追い払っておいたから！」

「そ、そうなんですか……？　ありがとうございます」

にゃーちゃんはほっと安堵《あんど》の息を洩《も》らす。

（ああ……！　やっぱりにゃーちゃんはかわいいなぁぁ……！）

間近《まぢか》で見るとなおさらだ。十四松と一松を怖がって逃げちゃうのも、もう大丈夫と言ったらほっとする顔も、みんなかわいい。

「助かりましたぁ……(=^・^=)」

「あ、あ、あのっっ！」

思い切ったチョロ松。声が裏返る。でも、プレゼントを渡すなら今しかない。

「はい？」

「じ、実はプレゼントがあるんだけどっっ！」

「プレゼント？　わぁ〜嬉《うれ》しい！　どんなの？　どんなの？(=^・^=)」

まさに猫が尻尾《しっぽ》を振るように、「プレゼント」の一言を聞いて瞬時に目の色を変えるにゃーちゃん。さっきまでのホラー展開が嘘《うそ》のように、にやりと歪《ゆが》む口元。内面の薄汚さが隠しきれないが、恋にどっぷり溺《おぼ》れるチョロ松に気づけるはずもない。

「こ……これっ！」

チョロ松は背中に隠したプレゼントの包みを勢いよく差し出した。

何となくサイズも大きいし厚みも違う気がするけど、まぁいいやとチョロ松は思う。

「わぁ〜！　なんだろなんだろ！　金の延《の》べ板!?　それとも金の延べ板かな!?　わかった〜！　金の延べ板だ！(=^・^=)」

嬉々《きき》としてプレゼントを受け取るにゃーちゃん。

「あ、あの、えっと、一生懸命作ったんだ……気に入ってもらえたらいいけど！」

「そうなんだ〜！　板の延べ棒職人なんだ〜！　すご〜い！(=^・^=)」

餓《う》えた獣《けもの》のように包み紙をバリバリと破り捨てる地下アイドル。

しかし、中から出てきたものを見て、

「……は？」

と、顔を歪めて硬直した。

「えっと……そ、それを僕だと思って大事にしてもらえたら嬉しいです！」

深々と頭を下げるチョロ松。しかしにゃーちゃんの反応はない。

チョロ松は疑問に思う。渾身《こんしん》のプレゼントのはずだったのに？

チョロ松がにゃーちゃんに渡したもの。

それはカラ松が機転を利かせて事前にすりかえておいたもの。

何かといえば――『カラ松写真集』。

一昔前のロックスターさながらのラメラメ衣装をまとったカラ松。

真っ白なバスローブをはだけさせ、ぶどうジュースの入ったグラスを傾けるカラ松。

パチモンの革《かわ》ジャンを着て、完璧《かんぺき》なジョジョ立ちを決めるカラ松。

まさにカラ松七変化である。

そしてそれは、兄弟以外の人間から見れば、チョロ松本人に見えるわけで。

にゃーちゃんは生ゴミでも見るような目でチョロ松を一瞥《いちべつ》すると、蔑《さげす》むような低い声で言った。

「いや…………マジキモ」

カラ松組
才一回公演
S-7

チョロ松、深夜の大冒険

LIGHT NOVEL
OSOMATSUSAN
MAEMATSU

「……眠れない」

草木も眠る午前二時。僕はひとり目をさました。

いや、正確に言えばずっと起きていた。

僕ら6つ子はいつも、やけに横長なひとつの布団《ふとん》に並んで収まり、一緒に眠る決まりになっている。消灯時間も同じであり、「明日もあるからはやく寝るよー？」という長男の呼びかけに応じて床につく。ちなみにニートの僕たちには明日もクソもない。

「……っ、よっ……」

兄弟に気づかれないよう、ミノムシのように身をよじって布団を抜け出すと、注意深く連中が眠っているのを確認する。……よし。大丈夫だ。

たてつけの悪いふすまをそっと開け、狭い廊下へ出た僕は、板張りの床のきしむ音を聞きながら、どこへ行くというのか。

トイレへ？　散歩へ？　どちらも違う。

目が充血していた。眠れないせいじゃない。

僕は両親が食事をする台所のテーブルへ一直線に足を向けた。

そして、寝る前と変わらず、そこに目的のモノが無造作《むぞうさ》に置かれているのを確認した。

――●ッセンのカタログである。

◇

「……誰も見てないだろうな？」

胸の高鳴りが抑えられない。

窓から漏《も》れる頼りない灯《あか》りで、夏らしく薄着になったモデルの表紙が浮かび上がる。清《せい》楚《そ》でさわやかで、働くミセスや主婦層の購買意欲をそそること以外に無関心な装丁《そうてい》。すっきりしたデザインも事務的なぶ厚さもそれを裏付けている。だがそれがいい。

エロ本がエロいのは当たり前だ。

「どうです。エロいでしょう」「ご自由にお使いください」的なエロは、なるほど、確かにいい。こちらもその気で見ているのだ。期待とニーズに応《こた》えてくれている。

だがそれは、意外性もギャップもない、ビジネスエロにすぎない。

本当に捨てがたいのは、エロを想定していないのに結果的にエロくなってしまったものだ。道を歩いていて思わず見えてしまったパンチラ、機能性を追求した末に露出度《ろしゅつど》が高くなってしまったスポーツウェア、その類《たぐい》である。そして当の本人たちが自分のエロさに無自覚であるとなおいい。

たとえるなら、労働の末に給料をもらうより、道で千円拾った方が感動するのと同じだ。

いや、働いたことないからわかんないけど。

そう、●ッセンの下着ページに宿るドエロさはそこにある。

下着モデルはあざといポーズなど決してとらない。彼女たちは商品のモデルとして徹底的に淡泊《たんぱく》で、異性の下半身を刺激しようなんて露《つゆ》ほども思っていない。彼女たちはミセス層に対し、あくまでビジネスライクに、商品の魅力を伝えるためだけにその体を提供しているのであり、二十代童貞《どうてい》のわれわれの視線に無自覚なのだ。なのにエロい。だからエロいのだ。エロい格好《かっこう》をしようと思っていないのにエロくなってしまっている事実が最高にエロい。もうエロいしか言ってない。

「はぁ……はぁ……」

……あった。

僕はふるえる指でカタログの角を探る。気づかれない程度に角をわずかに折ってある。

「くっ……やはり……いい……！」

今までは机に置かれていても、平然と見過ごしてきた。何の興味も持たなかった。

しかし中身を見たらこれだ。

この背徳《はいとく》感……！　僕が眠れなくなってしまった原因は、寝る前にこんなものの存在に気づいてしまったせいだった。もはやギンギンなのだ。上も下も。

「……やばい」

もう我慢《がまん》できない。やるしかない。男にはやらねばならない時がある。

だが、重要なのはその場所だ。

この狭い一軒家に両親と6つ子が暮らしているのだ。僕らに個別の部屋なんて与えられない現状で、落ち着いて事を済ませられる場所など限られている。

以前は油断して部屋で事に及んでしまったばかりに、あのクソ長男に現場を押さえられるという失敗もあった。

「まあ、無難にトイレにいくか」

◇

がちゃ。がちゃ。――しかし。

「ん？　誰か入ってるのか？」

鍵《かぎ》がかかっているのか、トイレのドアノブが回らない。すると中から声がする。

「あーごめーん。入ってまーす」

トド松《まつ》の声だ。

「ちっ」

先客かよ。……ん？

てゆうかトド松のやつ、普段一人でトイレいけないくせして、珍《めずら》しいな？

「おーい。まだー？　僕事情があって急いでんだけど」

「まだでーす」

「……ちょっと長くない？　何してんの？」

「え？　そういうチョロ松《まつ》兄さんこそ何してんの？」

「トイレ待ってんだよ！　ほかにある⁉」

「ボクだってトイレ入ってるんだよ！　今いいとこなんだからどっか外でしてきてよ！」

「いや、いいとこって何だよ！　どういうタイミング⁉　いいから早く出て⁉」

「だから無理だって！　てゆーかいまチョロ松兄さんの声とかマジ聞きたくないから！　どっか行って！　お願い！　いっそ死んで！」

「兄に向かってそう死ねとか言うもんじゃないからな⁉」

ちくしょうなんなんだよ……。いいや、他を探そう。


「チッ……なんで6つ子なんだよ、最悪だわ」

廊下を歩きながら一人愚痴《ぐち》る。とにかく何につけても数が足りない。

食べ物の取り合いもよくしたし、テレビのチャンネル争いで血を見るのも日常茶飯事《さはんじ》だった。昔はそれが普通だと思ってたけど、大人になれば不自由するのも当然だ。

他の場所、他の場所……。そうだ。

「……風呂場かな」

閉ざされた空間と言えば、我が家にはもうここくらい。この時間ならトイレみたいに先客がいることもないだろうし、少し落ち着かない気はするけど、まぁ同じ水場だし。

「やっと人心地《ひとごこち》につけるな……」

そう呟《つぶや》いて扉を開けると……

「ちょ、ちょっと……！　きゅ、急に開けないでくれる……!?」

あわてた顔の一松《いちまつ》がいた。

「一松……お前こんな夜中に風呂場で何してんの？」

「そ、そういうチョロ松兄さんこそ」

一松は背中を丸めて湯船のへりに腰かけ、急に大きな音を聞いた猫のように僕を見る。

明らかに様子がおかしい。ただ様子がおかしいのはそれだけじゃなく、

「……なんでズボンおろしてんの？」

「……」

少しの沈黙のあと。

「風呂場だから」

「いや、でも湯船に湯も張ってないし。どう見ても風呂に入ろうとしてないよね？」

「いや、風呂場じゃ脱ぐのが礼儀だから。ドレスコードみたいなもんだから」

「いや、ズボン下ろすドレスコードなんてないから！」

「いや、チョロ松兄さんが知らないだけだから。この界隈《かいわい》では常識だから」

「どの界隈!?　ねぇどの界隈なの!?」

「……聞こえない？　風呂の女神様の声が。ほら、ズボンを脱げ、ズボンを脱げって。ズボンを脱いだらべっぴんさんになれるんやでって」

「女神様ド変態じゃねえか！」

「も――、何なんだよ……」

ぼやきつつ、次に僕は屋上へ向かう。さすがにここなら誰もいないだろ。

しかしそこでも……。

「はっ！　な、なんだチョロ松!?　こんな夜中に……!?」

あわててズボンを引き上げ、振り向いたのはカラ松《まつ》だ。

「……っ！」

やつは思いだしたように愛用のグラサンをかけ、まるで自分を落ち着かせるように、クソみたいにカッコよくないポーズをとると、言った。

「あれか？　迷いこんでしまったのか？　そう、オレという名の迷宮に」

「そういうのいいから」

バッサリ会話を終わらせ、僕は聞きたいことだけ口にする。

「カラ松兄さんこそ……夜中に一人で何してんの？」

「ん、んん!?」

すると見るからに挙動不審《きょどうふしん》になり、あたふたとごまかすように答える。

「そ、そうだな……そう！　あの月が淋《さび》しがっていたからな？　オレが話し相手になっていたのさ。フッ、オレくらいになると月にさえ頼られ……」

「死んで」

◇

「ったく、なんなんだ……今夜に限って」

あれから僕は、裏庭でおそ松《まつ》に出くわし、天井裏で十四松《じゅうしまつ》に出くわし、どこを歩き回っても先客がいて、ついに行き詰まってしまった。

もはや偶然と思えない。意図的に先回りされている感さえ漂ってくる。

……ん？　てことは、これちょうど今布団に戻ったら誰もいないんじゃないのか？

そうだ！　探してダメなら、逆を突けばいい！

思いつき、足早に部屋に戻ると……

「なんで⁉」

なんでみんなそろって布団で寝てんの⁉

布団の中には、売り物のようにずらっと並んで寝息を立てる五人の姿。

「いやいや、さっきまでバラバラでいたよね⁉　どういうこと⁉」

なんかの嫌がらせ⁉　おかしいでしょ⁉　馬鹿《ばか》なの⁉

「……はぁ。わかったよ……」

あきらめればいいんでしょ？　もういいよ……

僕は観念して、布団へ入ることにする。

あちこち歩き回ったせいで、だんだんむらむらも落ち着いてきた気がする。

……布団に入ると目を閉じる。

もう大丈夫……大丈夫………。僕も大人だ。

むらむらしたら出すまで我慢できない猿《さる》みたいな時代は卒業したんだ。セルフマネージメントだ。自分の欲をコントロールして、周囲と調和を図る自己管理能力は大人には不可欠なんだ。あ、そうだ。この経験を今度就活《しゅうかつ》の時の履歴書に書こう。

よしよし。そう考えてたらさらに落ち着いてきた気がするな。

このまま静かに目を閉じて、眠りに落ちて、気がついたら朝になっ——

「って、やっぱ無理——!!!」

あーもう無理！　一度火がついたらもー無理!!　ギンギンだもん！　上も下も！

僕は派手《はで》に布団を蹴《け》りあげ、寝ている兄弟たちを荒々しく踏みつけて廊下へ出る。

僕にはきみが必要なんだ。●ッセンが必要なんだ。一刻を争うんだ。

そしてついに台所にたどり着くが……ない。

「ない！　ないぞ！　僕の大事な●ッセンがない！」

誰かに持って行かれたに違いない！　誰かにって兄弟の誰かしかいない！

「ちくしょう……！　僕の●ッセンに目をつけた奴《やつ》がいたか……！」

血は争えない。取り返すか？　いや、そんな余裕はない。今の僕にそんな時間はない。

やむなしだ。何かほかの代わりになるものを……。そうだ、秘蔵のエロ本！

思いつき、僕は隠し場所へ急いだけど……そこにもない！

「ちょっと⁉　ない！　僕の秘蔵のエロ本までないんだけど⁉」

あのクソどもが……！　どうせ、さっきあちこちにいたあいつらも、僕とおなじ目的だったんだ！　人のことばっか言いやがって、とんだシコ松トレインじゃねえか！

「ちくしょう……こんな大事な時に……僕の手元に何もない……！」

床に突っ伏し、絶望に打ちひしがれる。

「もう……僕は……ここまでなのかッ……⁉」

床に額《ひたい》をこすりつけ、固くむすんだ拳《こぶし》を悔《くや》しまぎれに何度も叩《たた》きつける。

「すまない……すまない……」と下半身に向けて繰り返す僕の耳に、ことりと何かが落ちる音が聞こえた。

顔を上げ、視界に入ったのは……一本のボールペン。

「これは……前にトト子《こ》ちゃんに借りたままのボールペン？」

確か、思い切ってデートに誘いに行ったら「身の程をしれやボケェェ‼」と逆エビを食らったあげく、無理矢理魚屋の仕事を手伝わされた時、そのまま持って帰ってきてしまったものだ。

「……（ごくり）」

……このボールペン……トト子ちゃんがずっと使ってたものなんだよな……？

色は青みがかったシルバーで、ノック部分が魚のカマになってて、大きく「ブリ」とか書いてあるけど、こんなのでもトト子ちゃんがいつも使ってたものなんだよな……？

ほら、胸ポケットに挿《さ》したり、時に口にくわえたり、あの細くてかわいい指がせわしなくシュッシュ（注：書く音）してたものなんだよな……？

再び胸が高鳴りはじめる。命の鼓動《こどう》が聞こえる。

……いける。いけるぞ！

僕はなぜ今まで気がつかなかったんだ！　こんな宝物がすぐそばにあったのに！

たとえば女の子の脱いだ服。それが魅力的なのは知っていた。下着だなんて言わない、スカート、靴下、ブラウス、カーディガン、どれも目の前に置かれたらノータイムで挙動不審になる自信がある。

しかし文房具はノーマークだった。

「とんだ伏兵《ふくへい》がいたもんだな……！」

だがこれで救われた。

「ごめんねトト子ちゃん……！」

命をつなぐボールペンを握りしめたその時、しかし僕はまた別のものに目を奪われる。

……修正ペン。

「修正ペン……だと……!?」

確かあれも一緒にトト子ちゃんに借りたもの。

僕はそれを手に取り、キャップをはずすと、ペン先を手のひらへ向けボディをぐっと握りこんだ。すると、白濁《はくだく》した修正液が、びゅっと手のひらに射出される。

「……なんてこった……！」

僕は天を仰《あお》ぎ、ふるふると首を振った。

「こんなものを……トト子ちゃんが……いや全国の女子たちが平然と使っているなんて……⁉」

信じられない。僕はとんでもない事実に気づいてしまった。

きっとみんなはこのことに気づいてない。

空が落ちてきたような衝撃だった。僕はそれに耐えながら、ふらふらと机の上のペン立てへ歩み寄る。そして、そこに無造作に突き刺さっていたものに目を留めた。

「……コンパス……！」

僕は震える指を伸ばし、ゆっくりと、コンパスの閉じていた足を開いていく。

艶《なま》めかしく光る細い足は、僕にされるがまま、開いて閉じてを繰り返す。

「なっ……なんてことだ……！」

僕は思わず目を背《そむ》ける。

いけない！　もう誰が使ってたかなんて問題じゃない！

全国のＰＴＡは何をしてるんだ⁉　マンガやアニメを危険視してる場合じゃない！　コンパスの方がよっぽど教育に良くないじゃないか！　目を覚ませ！　現実をよく見ろよ！

だめだ……僕の中で何かが変わろうとしている……！

でも、変わればきっと戻れない。

このまま変わってしまうのが怖いという気持ちと、いっそ限界を超えて、いくところまでいってしまいたいという男のロマンが相克《そうこく》している。

目を閉じ、また開く。その一瞬で覚悟は決まっていた。

僕も男だ。いけるところまでいってみたいという気持ちがマウントをとった。

想像力の翼を広げろ！　もっと自分自身を追いつめろ！　あきらめんなよ！　熱くなれよ！　やれる！　僕ならやれるぞ！

「見てやろうじゃないか……おかずの向こう側をね!!」

……そのとき。

世界がぐにゃりと曲がって、何もかもが記憶の彼方《かなた》へ消えたかと思うと、下半身の奥底《おうてい》でビッグバンが起こり、また新たな世界が生まれる。

「あ……あ……」

ついに均衡《きんこう》が崩《くず》れる！

「入っちゃった！　ゾーン入っちゃったよ！」

ああ……見るものすべてがエロく見える……！

聞くものすべてがエロくなる……！

「だ、だめだ……頭を冷やそう……！」

そう思って冷蔵庫を開け、頭を突っこむ。

「ふぅ……」

ひんやりとした冷気を感じて、少し気が落ち着いてくる。

すると、目に入ってきたのは、使いかけの練り製品。長さは一本14〜15㎝。棒状に成形され、中心を貫《つらぬ》く不自然な穴がいつも僕たちを惑《まど》わせる、それは……

「生《なま》ちくわ……！」

いけない！　ガシャン！　と僕は、慌《あわ》てて冷蔵庫の扉を閉めた。

「危なかった……もう少しで呑《の》まれるところだった……」

間一髪《かんいっぱつ》で自我を保った僕。額にじんわりと浮かんだ汗《あせ》を拭《ぬぐ》いながら、今閉めたばかりの扉をふと見る。するとそこには、『牛乳飲みすぎない！』という僕たちを牽制《けんせい》する手書きのメモが貼《は》ってある。

「メモか……手書きの……。手書き……手書き……肉筆……!?」

肉筆!?　だめだ！　外に意識を逃がそう！

窓の外には外灯に照らされた暗い道。舗装《ほそう》された道路の片隅《かたすみ》には、金属でできた丸い蓋《ふた》が見えて……

「マンホール……!!」

もう止まらない！　加速する妄想《もうそう》！　遅れてきた思春期!!

「ハアアアアアアン!!」

圧倒的な万能《ばんのう》感！　今なら何を見ても反応する自信がある！

「これが……覚醒《かくせい》……！」

開いた両手を見つめてつぶやく。

今や僕の童貞力は限界を超えて、次のステージ、高位の童貞・ハイ＝チェリーボーイへと至《いた》ったのだ。

体が熱暴走をはじめ、全身からシュワシュワと蒸気《じょうき》のような、オーラのようなものが立ち昇っている。意味がわからないが、立ち昇っているものはしょうがない。

「まるで全身が下半身になったかのようだ……！」

今ならなんでもできる。今なら世界のすべてをおかずにできる！

「うっ……」

でも、このままじゃ体がもたない。負担が……大きすぎる。

「まずい……なんとか興奮《こうふん》を収めないと……！」

もはや抜くとかどうとかいう問題じゃない。何しろ全身が下半身なのだ。

僕は風呂場へ駆け出し、水を頭から何度もかぶる。

「だめだ……もっと体力を消耗《しょうもう》しないと……！」

そしてタオル一枚を腰に巻いたまま、奇声《きせい》をあげながら深夜の町内を駆け回る。

「はぁ……はぁ……少し落ち着いてきた……」

三十分も奇声をあげて走り回れば、逆に精神も落ち着いてくる。逆に。

僕はふらふらの足取りのまま、自宅へ戻った。

でも、まだまだ体の火照《ほて》りは収まらず、このままじゃとても寝られない。

すると、全力で走り回ったせいか。

グルルルル――。お腹《なか》の虫が鳴きだした。

「そうだ。気分も変えられるし、夜食でも作ろう」

◇

僕は台所へ行き、料理の前に手を洗う。

すると、冷たい水に触れたせいか、次第《しだい》に頭が冷静になってくる。

「いやぁ、一時はどうなることかと思ったよね」

でも、もう大丈夫だ。きっと夜食を作ってるうちに下の火も鎮火《ちんか》して、食べたらまたぐっすり眠れるはずだよ。そうそう。

「そもそもどうかしてたよね。何で体からシュワシュワオーラみたいなの出んの？　人としておかしくない？」

まな板と包丁を取り出して、台へ置く。

「それに高位の童貞・ハイ＝チェリーボーイって何？　ないない。意味わかんないよ。怖いよねー、勢いって」

冷蔵庫を開けてしゃがみこむ。

「思えば僕らしくなかったよ。僕と言えば、兄弟唯一《ゆいいつ》の常識人って言うかさ、最後の砦《とりで》みたいなとこあるじゃん？　頭脳派ポジの僕がおかしくなっちゃダメだよね。いやぁ、反省反省」

　さて、と……

「何かないかな？　料理なんて簡単なことしかできないし、チンして食べられるものがあれば一番いいんだけど……」

　その時だ。

「何してんのー……チョロ松……？」

　声がして振り返ると、そこにいたのは眠たい目をこするおそ松兄さん。

「ああ、いや、小腹が空《す》いたから、何か食べようと思って」

「そうなの？　だったら夕飯のおかずが残ってたんじゃなかった？」

「夕飯のおかず？　あ、そうだったね。おかずおかず……と……」

　その瞬間、自分の中でまた何かがはじけた。

「おか……ず……おかず!?　ハァァァァァァァァアアアン!!」

「何!?　何で急に叫び出すの!?」

「おかずとか今言うなよ！　せっかく落ち着いてきたとこだったのに！」

「えぇ!?　その体からシュワシュワ出てんの何!?　怖いんだけど!?」

「誰のせいだよ！」

「はぁあ!?」

いけない！　完全にぶり返してる！　……そうだ！　夜食だ！　夜食づくりに集中しよう！　そうすれば気が紛《まぎ》れるはずだ！

「雑炊《ぞうすい》でも作ろう！　それなら僕にも作れるし、ちょうど残ったご飯もある！　ええと、じゃあ入れる具材は……」

「あ、雑炊作んの？　それなら人参《にんじん》と大根があったけど？」

「人参……大根……ダメだァァァァアアアアアアン!!」

「何がダメなの!?」

「棒状のものはダメ！　当たり前でしょ！　よく考えて!?」

「何で俺が怒られんの!?　……じゃあ、たまねぎとかは？」

「たまねぎ……たま……タマ!?　口を慎《つつし》めやコラァァァァアアアアアア！」

「はぁ!?　もう意味わかんないよ！」

球状もダメ！　どう考えてもダメ！　完全にアレのメタファーだもん！

もう野菜は危険すぎる！　野菜とは金輪際《こんりんざい》縁を切ろう！

「それなら……そうだ！　卵！　卵さえあれば他に具がなくても何とかなるし栄養のバランスもある程度ダメに決まってんだろが卵とかァァァアアアン!?」

もはや半狂乱の僕は、冷蔵庫の中身を教えてくれただけの長男に掴《つか》みかかる。

「卵って何!?　絶対ダメなやつじゃん！　なぁ!?　わかってんのお前!?」

「もう怖い！　俺が何したって言うの!?」

すると、騒ぎを聞きつけたのか、ぞろぞろと他の兄弟たちが顔を出す。

まずはトド松が、

「もー、チョロ松兄さん？　さっきから騒がしいよ……って誰⁉　すっごい体から蒸気みたいなの出てるけど⁉　誰⁉」

「僕⁉　高位の童貞・ハイ＝チェリーボーイ！」

「何か言い出したよ！」

するとカラ松が遅れて顔を出し、

「どうしたんだチョロ松？　こんな真夜中に迷惑だぞ。ん？　その体からシュワシュワ出ている蒸気みたいなものは何だ？」

「そのくだりはもうやった！」

「お……おう、ソーリーブラザー」

すると、猫を抱いた一松が僕を憐《あわ》れむように、

「ああ、あれはもうダメだね……。人として越えちゃいけないラインを越えちゃってる。十四松。何か言ってやって」

それに応えて十四松が、

「ほらほら！　チョロ松兄さん！　掃除機！　掃除機！」

もはや文脈もクソもなく、掃除機のホースでぐるぐる巻きになった状態で現れるから、僕はがくりと膝《ひざ》をつく。

「掃除機……バキューム……！　くっ……！」

思わぬ大ダメージを受ける。だけど十四松は手を緩《ゆる》めることはない。

「ほらほら！　チョロ松兄さん！　お腹空いたんでしょ！　缶詰あったよ！」

「缶詰……？　それは助かる……けど十四松、缶詰は栓《せん》ぬきじゃ開かないから……」

十四松は右手にサバの缶詰、しかし左手には残念ながら缶切りではなく栓ぬきを持っていた。だから僕は再び悪夢に襲《おそ》われる。

「栓ぬき……？　何なんだその穴は……！　いったい誰に断ってそんな穴を……！」

憎《にく》い！　棒状のものや球状のもの、並びに穴の開いたすべてのものが憎い！

どれもこれも僕をムラムラさせるためだけに存在しているようにしか思えない！

「落ち着け……落ち着くんだチョロ松……！　このままじゃ……このままじゃ……！」

悲鳴を上げる局部。下半身の大いなる意思に呑みこまれ、僕が僕じゃなくなっていく感覚。かつてない絶望感が押し寄せてくる。

今すぐに開放しなくては……開放しなくては……命に関《かか》わる！

僕はあわてて周りを見渡す。さすがに野菜や文具や調理用品でするわけにはいかない。人としての尊厳に関わる。僕は最後まで人間でいたいんだ！

すると、

「あーあー。もうチョロ松兄さんのせいで眠れないよ。あーあー」

ぶつくさ言いながらキッチンチェアに座ってスマホをいじるトド松が目に入る。

スマホ。

そういえば、あのスマホ。……インターネット？　とかができるって聞いたな。

「あ、あのさ、トド松。ちょっとそのスマホ貸してくんない？」

「え？　何で？」

「いいから。ほら、早く」

僕には一刻の猶予《ゆうよ》もない。

「ちょっと！　勝手に持ってかないでよ！」

「えっと、何だっけ、インターネット？　その検索とかってどうやんの？」

「え？　検索？　それはえっと、ここの検索窓をタップして、ほら、こうやって入力するの」

「なるほど……」

僕は言われたとおり、たどたどしい手つきで、検索窓とやらに「アイドル　水着」と打ちこんだ。

すると。

「なっ…………!?」

画面に表示されたものを見て、脳天に電撃が走った。

「な……何これ……！　いいのこんなの……!?　タダで見ちゃって……!?」

僕は信じられないものを目の当《ま》たりにして、体を小刻《こきざ》みに震えさせる。

スマホの画面に映し出されたのは、数え切れないほどのアイドルっぽい女の子たちの水着姿。エッチだ……エッチの源泉《げんせん》かけ流しだ！

「…………！」

僕は一人頷《うなず》き、すくっと立ち上がると、トド松に断りを入れる。

「トド松。ちょっとこれ借りていい？」

「え、何に使うの？」

「いいからいいから。じゃ、ちょっとトイレいくから」

「え、待って待って!?　なんでトイレに持ってくの!?」

「いいからぁ！　これ人の命に関わるからぁ！」

僕は聞く耳を持たず、トイレへ入る。

「おい待てやコラァ！」

……そして数分後。

文明の利器によって、一人の童貞の命は救われたのだった。

◇

六人そろって布団の中。兄弟たちの寝息が聞こえる。

窓の外を見れば、ゆっくりと東の空が白みはじめていた。長い夜だった。

あれから僕は布団へ戻り、つかの間の眠りについた。

とても穏《おだ》やかな気持ちだった。心地よい疲労感が、眠りの世界に向かう僕の背中を押してくれる。さっきまでのドタバタがまるで嘘《うそ》みたいだ。

目が覚めたらまた一生懸命生きていこう。

上を向いてさ。

こうして人は大人になっていくんだろう。

「…………」

僕はむずむずして寝返りを打つ。

そうだ、迷惑をかけた兄弟たちにも謝《あやま》らないと。

いつも喧嘩《けんか》ばかりの僕たちだけど、助け合うことだってある。

生まれた時から一緒の六人だ。なんとなくお互いの気持ちもわかる。距離が近すぎて嫌になっちゃう時もあるけど、だからと言って離ればなれになろうとも思わない。

……こんな静かな夜だから、少しセンチになっちゃったかな。

「……っ、……っ」

僕は布団の中で身をよじる。

そう、静かな夜。静かな夜なんだ。心も穏やかで澄《す》みきっているんだ。

なのに。

「…………っ、…………っ」

あれ？　おかしいぞ？　だんだん呼吸が荒く……。頭がもやもやして……

いやいや、そんなことはない。こんなに清らかな気分なんだよ？
そうだ。うんうん、このまま寝よう。この透き通った気持ちのまま、眠りに落ちよう。
僕は大きく息を吸いこんだ。
ゆっくり息を吐き出すと、意識が次第にまどろんでいく。
大地に沈みこんでいく感覚。
自分も世界もなくなって、腹の底から無限のエネルギーが湧《わ》いてくる。
今なら何だってできる気がする。圧倒的な万能感……。
きっと飛べる。どこへだって行ける。人間の可能性を信じろ！
想像力は無限だ！　人は翼を捨てた代わりに想像力で羽ばたける！
高みを目指せ！　必ずやれるぞ！　僕は自由だ！　誰にも止められない！
下半身の大いなる意思が世界を変えていくんだ！
やがて僕は、血走った目をカッと見開いて叫んだ。
「賢者《けんじゃ》タイム短っ!!!」

居酒屋だより

LIGHT NOVEL
OSOMATSUSAN
MAEMATSU

――どうすんの、コレ………

激安居酒屋の椅子《いす》の上、一松《いちまつ》はうろたえて、視線をさまよわせていた。

目の前にいるのは、一松には理解できない二人組。

「レモンかけるよ～ん」

「鍋《なべ》に追加の野菜が欲しいだスなぁ」

唐揚《からあ》げにレモンを絞《しぼ》ったダヨーンは、でかい口をがばりと開けた。かと思うと、耳がびりびりする怪音波を発しながら、唐揚げを皿ごと口の中に吸いこんだ。

隣に座っているデカパンは、そんなダヨーンには気にも留めずに店員を呼び、「この野菜セット、春菊《しゅんぎく》多めで頼むだス」と野菜の追加注文をしている。

(な、なんなんだこいつら……)

半眼《はんがん》でそれを見ながら、一松は冷や汗《あせ》をかいた。

もはや自分が、なぜこの場にいるのかわからない。

しかし、だからと言って席を立つわけにもいかなかった。

鍋や大皿の置かれたテーブルを隔《へだ》てた向こうから、悲しげな声が響く。

「ニャーン……」

デカパンに、親友《ネコ》を猫質にとられているからだ。

「……おい……！」

業を煮やした一松は、イライラと言った。

「だよ〜ん？」

「ホエ？　なんだスか？」

「酒につき合うの、十一時までの約束だろ……！」

一松が壁の時計を指差した。時計の針はもう十一時半を指している。

「だよ〜ん……」

「ホエ……」

時計を見上げたおっさん二人は、なにも見なかったように視線をスッと鍋に戻した。

……汚い大人だ。

「ニャーン……？」

「ホエホエ？　まだ出てきちゃダメだスよ」

「くっさ……ちょっと、人の親友パンツに入れるの、やめてって言ってるでしょ……！」

一松がいきり立つ。と、おっさん二人はフッと劇画タッチの顔になり、

「帰ってもいいけど、誰か連れてくるんだよん」

「そうだス」

「だ、誰かって……こんな夜中に」

「猫がどうなってもいいだスか?」

邪悪に顔を歪めるデカパン。この男、中年小太り、その名の通りデカいパンツを穿く以外何も身に着けないスリリングな見た目だが、希代の科学者という一面も持っている。いわばマッドサイエンティスト。かつて怪《あや》しい薬を開発し、ただの猫を、人の本音を読みとってしゃべるエスパーニャンコにしたこともある。つまり、油断ならない。

「ニャー……」

囚《とら》われの親友は、悲しげな顔で一松を見上げてくる。

「き、汚ったねえ……てめえ、猫をどうするつもりだ！」

「ホエホエ～、どうすると思うだスか～？」

意味深に口の端を歪めるデカパン。

「や、やめろちくしょう！　どうするって言うんだ！」

「ホエホエ～。教えてやるだス。この猫はワスのパンツの中で……」

「パ、パンツの中で……？」

「中で……!?」

「中で……」

「ホエホエ～」

「言わねえのかよ！」

一松はガターンと椅子を倒して立ち上がる。もうだめだ。ヤツらの言いなりになってこの場にいても、状況は解決しそうにない。ダヨーンはイカソーメンと冷やしトマトを追加で注文し、まだまだ食う気満々だ。

――て言うか、んなでかい口で繊細《せんさい》なもんばっか頼んでんじゃねえよ腹立つな！

「ニャーン……」

「チッ……！」

親友の鳴き声に後ろ髪を引かれながら、一松は居酒屋を飛び出した。

走る。走る。運動不足の足腰に、全力疾走《しっそう》はずいぶんこたえた。

しかし親友を救うため、一松は歯を食いしばって走り続ける。走れ！　一松！

猫のためなら、兄弟五人の命くらい安いものだ！

「おれと親友のために果てろ！　クズども！　それでてめえらも救われる！」

深夜の町に、不穏《ふおん》な叫びが響き渡った。

◇

自宅の居間では、パジャマ姿のおそ松《まつ》とトド松《まつ》が、人の尊厳すら失ったぐーたらな体勢で、テレビの深夜番組を見ていた。

「そういや、一松どこ行ったー？」

「さー？　どっかで草でも食べて、毛玉吐いてるんじゃない？」

「あー。あるなー」

「あるんだー」

「あるあるー。うぇへへ……」

そこへ。

「聞けやクソども！」

スパァン！と一松がふすまを開けて居間へ入ってくる。

そして息も切れ切れに、事の次第《しだい》を説明した。

「はぁ？　なにそれ」と、おそ松。

「ぜんっぜん理解できないんだけど。なんなのそれ、どういう状況？」これはトド松。

「お……おれにも、わからん……」

「えー、じゃあもうよくない？　行かなくても」

おそ松はごろりと、畳《たたみ》の上に腹を出して寝そべった。

「だね。一松兄さんも、帰って来られたんならもういいでしょ」

「……！　でも、猫が……！」

「あーもう寝よ寝よ、どーせヒマなんだから。一松兄さんもホラ、早く」

「おやすみ〜、一松〜」

「いやでも、猫が……！」

一松は、戸口を指して必死に訴える。

が、聞く耳を持たない兄弟は、無情にも居間の電気の紐《ひも》を引いてしまう。

「……〜〜〜くそっ…………！」

一松は、明かりの消えた家を後にした。

そして、その夜——

「だよ〜〜〜〜ん」

「ホエホエ〜〜〜〜」

居酒屋には一晩中、楽しげなおっさんたちの声と、若い男の悲鳴が響いていたという。

——翌朝。

起き出した松野《まつの》家の兄弟が玄関先で発見したのは、すっかりダシをとられ、大きな鍋の中で丸くなった一松の姿だった。

カラ松病にご用心

LIGHT NOVEL
OSOMATSUSAN
MAEMATSU

「……というわけで、あなたにご意見をおうかがいしようと思ったのです」

コォン、と鹿威《ししおど》しの竹が石に当たる、澄《す》んだ音がした。

「お考えをお聞かせくださいますね——ミスター・フラッグ」

ここは都内某所、静かな料亭の一室。

座卓《ざたく》の前には、二人の男と、一人の少年が向かい合わせに座っている。

二人の男は、日本政府の、ちょっとここに名指しで書くのはためらわれるような要人だ。

その正面に座っているのは、頭のてっぺんに小さな日の丸が刺さった少年——といっても、松野《まつの》家の6つ子たちと同じく、もう十分いい大人になっているはずのハタ坊《ぼう》である。

「じょ〜……」

きょとんと首をひねっている彼は、どう見ても少年だった。

小柄な体にオーバーオール、開きっぱなしの口に坊ちゃん刈《が》り。幼《おさな》い声や、「だじょ〜」という口癖《くちぐせ》も彼を幼く見せている要因だが、見る者が見れば、彼がただの子供ではないことはすぐにわかる。

そこいらの子供とは、目が違う。

どこか焦点《しょうてん》の合わない瞳《ひとみ》。今だって、ぼんやりと宙を見上げているだけに見えるが、ハタ坊の瞳を覗《のぞ》いて、正気を保てる人間はまずいない。

たとえどんなに喜んでいたとしても、目が、笑っていないのだ。

その理由は、彼の半生を知ったなら立ちどころにわかる。

世界を股《また》にかけ、情報を商材に巨額の富を築いた彼は、かつて、フラッグコーポレーションという大企業のトップに立っていた。

しかし、金は裏切りを連れてくる。

ある冬の日、ハタ坊は、信じていた腹心に裏切られた。会社の金を横領されたのだ。

けれど、そんなことは序の口だった。

資材の高騰《こうとう》、株価の暴落、企業内に渦巻《うずま》く反逆派の陰謀《いんぼう》、取引先の倒産が相次ぎ売掛金《うりかけきん》は回収できず、マネーロンダリングに脱税、学歴詐称《さしょう》、球界の違法賭博《とばく》、芸能界の不倫疑《ふりんぎ》惑《わく》から人気グループの解散騒動まで、ありとあらゆる責任を一身に押しつけられて——手塩にかけた社員たちに、身ぐるみ剝《は》がされたハタ坊は、橋の下での生活を余儀《よぎ》なくされた。

しかしこの男、それだけで終わるはずがなかったのである。

橋の下、ハタ坊は這《は》いつくばって奥歯で砂を噛《か》み、いつか反旗《はんき》を翻《ひるがえ》した社員たちに復《ふく》讐《しゅう》せんと決心「してないじょ～」

……決心したわけではないようだが、とにもかくにも無《む》一文《いちもん》の状態から、とある手段で小金を稼《かせ》ぎ、巧《たく》みな手腕で増やしながら、世界を飛び回ってきた。

わずかな資金を雪だるまのように膨《ふく》らましたハタ坊は、あっというまに、元の資産の数十倍という額をその手に収めた。

そのハタ坊が日本に戻り、新しい事業に湯水《ゆみず》のように金を使ったものだから、日本の景気はたちまち上向き、金利が上がり、個人の消費が活発になって企業は儲《もう》かり、株価はうなぎのぼりに上昇した。

こうなると、日本政府も彼を放っておくことはできなかった。

そう、今日この日――政府の要人たちは、ハタ坊の知見を得るために、お忍びでこの料亭にやってきたのである。

◇

同日、同時刻。

カラ松《まつ》は、駅前のロータリーにいた。

「フッ……今日もストロングなサンシャインが、オレをアツく照らしている……」

サングラスをわずかにずらしたカラ松は、チラチラと周囲をうかがった。駅前広場の噴《ふん》水《すい》前にいる女の子二人が、こちらを気にしている――ような、気がする。

『ねえサッチン、見て見て～！　あの人、超カッコイイよ～！』

『うそ、ホントだー！　革《かわ》ジャンがあんなに似合う人、はじめて見たぁ』

『サングラスもクールだよねー』

『靴の先もナイフみたいにとがってる～！　彼、一人かな？』

『えー、彼女いるんじゃない？　待ち合わせだよきっと～！』

おおかた、そんなことを話しているのだろう。

（フッ……やれやれ、シャイなプリンセスたちだ……）

「あのー、すみません」

（ついに来たか、カラ松ガールズっ……！）

女の子たちに声をかけられたカラ松は、力の限り顔をキメてサングラスを取った。

「やっとオレを見つけたな？　エンジェルたち……」

「は……？」

女の子たちは、近所のドブでも見るように思いっきり顔をしかめる。

「あの、そこ、ポストの前なんで、どいてほしいんですけど……」

「え……？」

カラ松は、自分の背後を振り返った。たしかにそこには、赤いポストが立っている。

「あ……すみません……」

カラ松がポストの前を退《しりぞ》くと、女の子のうちの一人が手紙を投函《とうかん》した。女子二人は、そそくさとその場を離れていく。

「なにあれ？　カラコンとかしてんだけど」

「うわ、マジやべえ。死ね、ゴミ」

そんな会話が、聞こえたような気がしたが……、

「――フッ……巡《めぐ》り合わないディスティニーだったか……」

ややあってカラ松は、なにごともなかったようにサングラスをかけ直した。

◇

戻って、静かな日本庭園。

再び、コォン、と鹿威しの竹が石に当たる音がする。

座卓に座る政府要人たちは、考えこむそぶりのハタ坊を、固唾《かたず》を呑《の》んで見守った。

「ん～……」

政治へのアドバイスを求められたハタ坊は、頭を傾けしばし悩む。

それからピッと指を立て、

「ハッ……そうだじょ～！　外国人は、大きくて、英語しゃべってて、すごーくカッコよかったじょ～」

「おお……英語ですか」

「なるほど、キーワードは『ka・kko・i・i』……！」

「ハタノミクスですな……！」

政府の要人たちは、まるではじめてウォーターという言葉を知ったヘレン・ケラーのように、顔を輝かせて頷《うなず》いた。

「積極的に英語をしゃべることが、経済発展への近道というわけですか」

「盲点でしたな……！」

「有益な意見をありがとうございます、ミスター・フラッグ」

「全然いいじょ〜」

「これは、少ないながら、アドバイス料ということで」

座卓の横から、スッ、と封筒に入ったなにかがハタ坊の方へと差し出される。

察していただけますね、と黙ったまま薄い笑みを浮かべる要人たち。

「フフフ……えげつない札束です」

言うんかい。

目をぱちくりと瞬《しばたた》かせたハタ坊は、しかし、笑わないままの目で言った。

「こんなのいいじょ〜、友達だじょ〜？」

「……ハッ……！」

あっけにとられた顔をしていた要人の一人が、ぴしゃりと額《ひたい》を叩《たた》いてみせる。

「これはこれは、ミスター・フラッグ……こんな非力な私どもを、『友達』と呼んでくださるのか……！」

要人たちはいたく感激したように言葉を失うと、やがて笑い出した。それが合図だったかのごとく、ハタ坊の目の前に、豪華《ごうか》な料理が並べられる。

「受け取っていただけないということでしたら、仕方がない。さあさあ、遠慮せず召し上がってください」

「今、酒を持ってこさせますからね。おーい」

「おいしいじょ〜！　うれしいじょ、うれしいじょ、うれしいじょ〜〜〜‼」

要人たちは、はしゃぎ回るハタ坊をにこにこと眺《なが》めていた。

かと思うと、そのうちの一人が動く。おもむろに部屋の障子《しょうじ》を細く開けると、廊下に控《ひか》えていた美人秘書に小声で告げた。

「いいか。ミスター・フラッグより伝授された経済復興の切り札、『カッコよく英語を使うこと』――すぐに我々のブレインに伝えてくれ。必要なら法制度を整えるように」

「はっ」

寸分《すんぷん》の隙《すき》もなく黒いスーツを着こなした秘書は、要人に小さく頭を下げると、廊下の向こうへと風のように消え去った。


かくして、日本には――

『英語への積極的置換《ちかん》を推進する行為等の推奨《すいしょう》に関する法律』（昭和九〇年七月二十九日法律第六六六六号）という、新たな法律が制定されることと相成《あいな》ったのである。

◇

それから数日。

街へガールハントに出たカラ松は、いつにない違和感に首をひねっていた。

「……？」

今日は、ヤングなガールズが集《つど》う街、原宿《はらじゅく》まで足を伸ばしてみたのだが——道行く人々の交わす言葉が、数日前までとは違っているようなのだ。

「オイオイ……オレを取り巻くワールドは、いったいどうしちまったんだ……？」

たとえば、たまたまそのへんを歩いていた若者の会話は、こんな調子だった。

某アイドルショップの袋を提《さ》げた、松野チョロ松《まつ》さん（赤塚区在住、2X歳）。

「ライブＤＶＤ、昨日フラゲしてきたんだけど、あのセトリやっぱり最高だったよ～。推《お》しメンは？　えっ、ＤＤ？　じゃあメインステ前だよね～！　あ、ところで、あのサークル、夏コミのカットにアングラアイドルのエロコスＲＯＭ出すって書いてあったな。いや買うよｊｋｗ」

女の子とデート中の、松野トド松《まつ》さん（東京都在住、2X歳）。

「ハニトー、おいしかったね～！　そうそう、サチコちゃんがザイってるダーとデートで行ってイケてたっていうクレープ屋さんが近くにあるんだけど、ドロップインしてみない？　リコメンドはフレッシュクリームとフルーツのクレープだって。サマービッグセール、すっごくパワー使いそうだからエネルギーチャージしとかなくちゃね。ところでさ～、サチコちゃん、ラインKSになるんだけど、どうしてるか知らない？」

カラ松は、違和感のわけを探ろうとあたりを見回す。

そして、ふと自分が出てきた駅舎を見上げ、驚愕《きょうがく》した。

「……！」

原宿に来たことは、人生のうちでも数度しかない。女の子が多くて緊張するからだ。

でも、以前ここに来たときは、こんなことにはなっていなかったはずだ。

いや、駅名の表示なんてめったに見ないから、はっきりと断言はできないが——少なくともここには、原宿という名の駅があった。

ところが、今、カラ松が見上げているのは——

「フィールド・ステイ駅……？」

「あの、ちょっといいですか？」

「オウッ——!?」

ぽん、と何者かに肩を叩かれ、カラ松は大仰《おおぎょう》に飛び上がる。カラ松の後ろにいたのは、キャリアウーマン風の若い女性と、カメラを抱えた男だった。

「突然お声がけしてすみません。私たち、こういう者なんですけど」

女性が差し出す名刺《めいし》を受け取ると、そこには『雑誌ＩＫＥ－ＭＥＮ編集部　編集者』とある。『IKE-MEN』といえば、今をときめくイケてるメンズのファッション誌だ。

カラ松が名刺に目を落としているうちに、編集者はニコニコと言った。

「お兄さん、すごくカッコイイので、ファッションスナップに登場していただけないかと思いまして……」

「いいね〜、オシャレだよそのファッション〜！」

カメラマンが、カラ松のまわりをせわしなく動き回り、シャッターを切る。

カラ松の服装はいつも通りである。パチモノの革ジャンに、長年穿《は》きつぶした結果特にイイ感じの風合いにもならなかった普通のジーンズ。

「……！　……フッ……」

スチャッ……と安物のサングラスをかけなおしたカラ松は、ビジュアル系バンドのヴォーカルのように、腕を広げて天を仰《あお》いだ。

「そうか——ようやくオレに、時代という名のスポットライトが当たり始めたか……！」

「ん〜、キマってるねー、カッコイイねー！　こっち向いてー！」

カメラマンはパシャパシャとフラッシュをたきまくる。

「フン……こうか？　これはどうだ？」

「やだ……ゾクンってする……♥」

編集者は頬《ほお》を染め、熱い吐息《といき》を漏《も》らしている。

それを見ていた通行人が立ち止まり、「あの人カッコよくない？」「マジでイケてる！」

とスマホで撮影を始めた。

その画像は、その日のうちにTwitterで拡散されてトレンド入りし、カラ松が取り上げられたネットニュースは盛大にバズり——

カラ松は、一躍《いちやく》時代の寵児《ちようじ》となった。

女性誌を開けば、

『カラ松くんと着回しデート30日♥』

『抱かれたい男ナンバーワン　松野カラ松』

メガネ屋に行けば、

『サングラス　karamatsuモデルは完売しました！　次のご予約受付は3年後』

洋服屋に行けば、

『革ジャン　松野エディションはソールドアウト　次回入荷《にゆうか》は未定』

家に帰ってテレビを点《つ》ければ、『情熱列島』でも『プロジェクトF』でもカラ松の特集が組まれ、『しゃべくり006』ではゲストとしてひな壇《だん》に並んでいる。

「キャー！　カラ松様《パイン》ー！」「こっち向いて～♥」と、飛び交《か》う黄色い声。

そして今日もテレビの画面には、バスローブ姿でワイングラスを持ったカラ松が映っていた。カラ松のプライベートに迫る番組らしい。

『そう、オレには六人のブラザーたちがいる……』

ワイン——ではなく実はぶどうジュースなのだが、とにかくグラスを揺らすカラ松に、女性コメンテーターは熱っぽい視線を送っている。

『今日はそのカラパインさんに、ご兄弟を紹介していただくビデオを撮ってきていただきました。ご覧《らん》ください』

「ベイビー、見逃すなよ……?」

カラ松がパチンと指を鳴らすと、画面にはＶＴＲが映し出された。

▼ＰＬＡＹ

画面に映っているのは、競馬場の外観だ。ワァァァ……と歓声《かんせい》が聞こえてくる。

『コイツは、ホースレースが好きなアツいガイなんだ。時間ができると、たいていここにやってくる』と、これはカラ松のナレーション。

微妙にブレているハンディカメラの映像は、場内へと入っていった。

『さあ、レースは最終コーナーに突入だ！　この直線が勝負!!』

「ぬおおおおおおおおおお!!!」

画面中央に、赤いパーカーを着て煮込みの発泡《はっぽう》スチロール皿を持ち、握りしめた紙パック酒を振り上げる男が映る。

「Goooooooooディープインプラントォォ！！！！」

――「きゃっ、さすがカラパインさんのご兄弟。英語を使いこなしてらっしゃいますねぇ」と、コメンテーターの合いの手が入った。

『フッ……そうだろう？　コイツがおそパイン、オレの兄だ』

■ＳＴＯＰ

▼ＰＬＡＹ

『ベースボールが大好きなヤツもいるな。エブリデイ、バットを担《かつ》いでどこかへ出かけていくんだ』

ハンディカメラが映しているのは河川敷《かせんじき》だ。どこからともなく飛んできたボールを、黄色いユニフォームの男がカッ飛ばしている。

「ホ――――ムラァァァン！！！！」

――「きゃっ、さすがカラパインさんのご兄弟。英語を使いこなしてらっしゃいますねぇ」と、コメンテーターの合いの手が入った。

『フッ……そうだろう？　コイツが五男のマイブラザー、十四パイン』

■ＳＴＯＰ

▼ＰＬＡＹ

『そしてコイツは……』

と路地の奥に入っていくハンドカメラ。その突き当たりで、紫《むらさき》のパーカーを着た男が猫を撫《な》でていて――

『こんなところにいたのか、ブラザー?』と録音されたカラ松の声がした。

「……」

ゆっくりと振り返ったボサボサ頭の男の目からは、闇《やみ》のオーラがダダ漏れている。

「カラ松……? 誰それ? 新しい悪口?」

『……』

カラ松が無言になる。

――「さ、さすが……? えっと……」と、コメンテーターが言葉を探す。

『コ、コイツが一パインだ……』

あわてたように去るカメラの画面の端っこで、一松はどす黒いオーラを隠しもせずに、また猫のほうを向いていた。

■STOP

――そんなこんなで。

カラ松の顔は、いまや街中に溢《あふ》れていた。

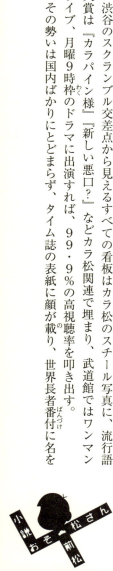

渋谷《しぶや》のスクランブル交差点から見えるすべての看板《かんばん》はカラ松のスチール写真に、流行語大賞は『カラパイン様』『新しい悪口?』などカラ松関連で埋まり、武道館ではワンマンライブ、月曜9時枠《わく》のドラマに出演すれば、99・9%の高視聴率を叩き出す。

その勢いは国内ばかりにとどまらず、タイム誌の表紙に顔が載《の》り、世界長者番付《ばんづけ》に名を連ね、ハリウッド進出、アカデミー賞、そのほかありとあらゆるトレンディーな話題を総なめにし、もはやカラパイン旋風《せんぷう》は、飛ぶ鳥を落とす勢いだった。

カラ松に憧《あこが》れた若者は、「あっ、やべ。ラストトレインの時間だわ～」「マジ？　マイホーム泊まっていけば？」と現代語を使いこなし、一部には「シースーマイウー！」「ポンギで踊る～？」と昭和《しょうわ》の香りを漂わせてしまう者も出た。彼らはもちろん、揃《そろ》って革ジャンを着こみ、とんがったサングラスをかけ、ぴっちりしたデニムに先細の靴を履《は》いているので、若者たちが歩く通りはまるで、往年《おうねん》のアメリカのような眺めに変わった。

一億総カラ松時代の到来である。

そして――

もはやカラ松に、プライベートはなかった。

自宅の居間でバスローブを羽織《はお》り、グラスにぶどうジュースを注いでくつろいでいる時も、家の前の通りにはカラパインガールズたちがひしめいている。

「「「カラパイン様～～～～♥♥♥」」」

目を完全にハート型にした彼女たちは、口々に「抱いて～♥」「好き～♥」「カラパイン様なしじゃ生きてゆけな～い♥」「逆に死んで～♥」などと叫んでいる。

両親も、がっぽがっぽ金が入りはじめたがために、「カラパイン～♥」「カラパインちゃ

～ん♥」とベタベタな甘やかしぶりだ。

兄弟たちも、揉《も》み手をしながらすり寄ってきた。

「あのさー、カラ松～」

「なんだ？　おそ松《まつ》」

「駅前のパチンコ、新台入荷してるんだけど金がなくてさぁ」

「ああ、そんなことか。任せておけ、ブラザー」

カラ松はバスローブ姿で寝そべったまま、サラサラと小切手にペンを走らせる。

「これを持っていくといい」

「やったー！　持つべきものは頼りになる弟だなー！」

おそ松は、カラ松の肩をバシバシと叩いて、意気《いき》揚々《ようよう》と家を出ていく。

「……フッ……」

満足げにグラスの中身をすするカラ松のもとに、次いでやってきたのはチョロ松だ。

「あのさー、カラ松？　実は、にゃーちゃんの握手会、チケット買えなくて……」

「ああ、そんなことか。任せておけ、ブラザー」

カラ松がパチンと指を鳴らすと、どこからともなく執事《しつじ》姿の聖澤庄之助《ひじりさわしようのすけ》が現れ、トレイに載った紙片を差し出す。

「ウソだろ⁉　整理番号００１番……！」

「ＣＤを50万枚買って手に入れた。そのくらいイージーなことだ」

「ん〜〜〜♥　超絶かわいいよ、にゃーちゃん、にゃーちゃー────ん!!」

浮かれるチョロ松が去ったあとには、一松《いちまつ》がなにか言いたげに突っ立っていた。

「ああ、ストップ。お前の欲しいものはお見通しだぜ、ブラザー？」

またカラ松が指を鳴らすと、聖澤庄之助がアタッシュケースをサッと開く。そこに詰まっているのは、金色に輝くモソプチ缶だ。

「……！」

パーカーのポケットに缶を目《め》一杯《いっぱい》突っこんで、警戒《けいかい》気味の猫のように窓から消えた一松。

それとすれ違いに、十四松《じゅうしまつ》が帰ってきた。

「あー、カラ松兄さん、野球って一人じゃつまんないねー！」

「もちろん、考えておいたぞ」

聖澤庄之助が差し出したのは、グレーの地に縦縞《たてじま》が入ったユニフォーム。

「いやった────！　侍《さむらい》ジャパンとのコラボだボゥエェェ────！！！」

高まりすぎてよくわからなくなっている十四松の横で、トド松がもじもじと切り出した。

「ねえ、カラ松兄さん。ボクもお願いがあるんだけど……」

「なんでも言ってみろ、トッティ」

「カラ松兄さん、芸能人の知り合いもいっぱいできたでしょ？　合コンとか、セッティングしてくれないかなぁって……」

「そんなことか、お安い御用さ──オープン！」

カラ松が三たび指を鳴らすと、聖澤庄之助がふすまを開ける。

と、そこはなぜかこじゃれたスペインバルになっていて、

「トド松くぅ～ん♥　はじめましてー♥」×１００
「えええええっマジで⁉　全員プロ彼女!!?」

「大切なブラザーのためだからな、ア・リトル、張り切りすぎてしまったか……」

フッ、と息をついたカラ松が、バァン！　と豪快に窓を開け、

「だがまだ足りない……オレが世界に、ＬＯＶＥを届けるぜ……！」

と腕を広げて天を仰げば、

「「きゃ～～～♥♥♥♥」」

窓の外に詰めかけていた女の子たちが鼻血を噴《ふ》き出し、ばたばたと倒れた。

「フッ……オレもまったく、ギルティなヒーローだぜ……」

鮮血に染まる庭先を見やり、カラ松は満ち足りた様子でかぶりを振った。

◇

コォン、と鹿威しの竹が石に当たる、澄んだ音がした。

都内某所、静かな料亭の一室では、また会合が行われている。

「ミスター・フラッグ！」

政府の要人たちは、満面の笑みで正面に座るハタ坊に徳利《とっくり》を差し出した。

「ありがとうございます！　おかげさまでハタノミクスは大成功、財政が出動して金融が緩和《かんわ》、成長も戦略のコンプライアンスで万々歳《ばんばんざい》です！」

「よかったじょ～」

ところが、注がれた酒をくいっと飲み干したハタ坊は「う～ん、だじょ～……」と首をかしげた。

「はて、ミスター・フラッグ？　なにか？」

「やっぱり、ぜんぶ英語だとわかりにくいじょ～？」

「なんと……！」

要人たちは、ハッとしたように目を丸くした。

「まったくだ！」

「おっしゃるとおり！」

「盲点でしたな……！」

かくして――

『英語への積極的置換を推進する行為等の推奨に関する法律』（昭和九〇年七月二十九日法律第六六六六号）は、たった数日にして改正の方針が決まったのだった。

◇

といった法律の改正があっても、松野家の6つ子は、あいかわらずニートで童貞《どうてい》で暇《ひま》を持てあましていた。

チョロ松は某アイドルショップに足を運び、

「生演奏会円盤、昨日発売日前購入してきたんだけど、あの演奏曲目次やっぱり最高だったよ〜。推し娘は？　えっ、誰でも大好き？　じゃあ中央舞台前だよね〜！　あ、ところで、あの同人誌等頒布《はんぷ》目的集団、夏季開催同人誌即売会での主催集団発行参加団体一覧《いちらん》に地下偶像破廉恥《はれんち》仮装画像集出すって書いてあったな。いや買うよ常識的に考えて（笑）」

トド松は女の子と街を歩き、

「酵母《こうぼ》添加焼成《しょうせい》小麦粉の蜂蜜《はちみつ》乳脂肪塗《まみ》れ、おいしかったね〜！　そうそう、幸子《サチコ》ちゃんが流浪者酷似《こくじ》彼氏と逢引《あいびき》で行って美味だったっていう極薄《ごくうす》鉄板焼屋さんが近くにあるんだけど、寄ってみない？　推奨は攪拌《かくはん》乳液と果物の極薄鉄板焼だって。夏季大特売、体力消耗《しょうもう》の極《きわ》みだから精力補給しとかなくちゃね。ところでさ〜、幸子ちゃん、情報通信回線利用短文交換通信が既読無視になるんだけど、どうしてるか知らない？」

おそ松は競馬場で馬券を握りしめ、

「頼むぞ――――っ、小栗《おぐり》帽子ィィィ――――!!!」

十四松は河原で素振りをしながら、

「ありが盗塁王〜〜〜〜〜〜〜！！！！」

一松は路地裏で、黙って猫を撫でている。

そのころ、カラ松は。

「……？」

すっかりカラ松の独壇場《どくだんじょう》だった、かつてのフィールド・ステイ駅——現在の、原宿駅前にいた。

少し前までなら、こんなナウいプレイスに立っていようものなら、カラパインガールズやらパパラッチやらが押しかけて、もみくちゃになっていたはずだ。

「ガールズ……恥《は》ずかしがっているのか……？」

考えてみれば、自分は空前のアイドルなのだ。もしかすると、こんなところを一人で歩いているはずがないと思われているのかもしれない。

「フッ……そういうことか」

カラ松は、勝手に納得して頷いた。

（しかし、すごすごと帰るわけにはいかないな……）

「なぜなら！」

バッ！　とサングラスを外したカラ松は、カラコンを入れた瞳を猛烈にきらめかせた。

「今日は、出会える気がするんだ——オレを待ちわびる、スイート・ハートに！」

そう、彼には今日、目的があったのだ。

ここまで上り詰めてきた自分だ、そろそろオンリーワン……つまり、彼女ができてもおかしくない頃合いだった。そして、積年の悲願——童貞卒業を成し遂《と》げる……！

カラ松はサングラスをかけ直し、フレンドリーに胸襟《きょうきん》を開いた。

「さあ――オレだ、カラ松だ。トゥ・シャイガールズ、アーハン？　プラトニックなラブはもうジ・エンド、オレとアバンチュールなシナリオをぐべぼふっ!!?」

ワアアアア、と突如《とつじょ》押し寄せた人波に踏み倒されて、カラ松は目を剝《む》いた。

「がっ!!　げぶっ!!　ぼへぇっ……!!　な、なに……!?」

「ちょっと、変なとこに寝てんじゃないわよ！」

そう言いながらカラ松の背中をハイヒールで力一杯踏みつけたのは、先日カラ松をスナップした、雑誌『IKE-MEN』の編集者だ。

「へ……ホワイ……!?」

「ホワ……!?　な、なんて反社会的な……っ！」

彼女は口に手を当て、カラ松を忌《い》み嫌うように距離をとると、

「そんなとこにいても、もうみんなアンタなんかに用はないわよ。時代はすでに、あつしくんを追いかけてんの！」

ぴしっ、と彼女が指差した先では、そこそこ見た目も悪くないスーツ姿の男、あつしくんが、自家用車に乗りこもうとしていた。

「あつしくーん、今日はこれからどこ行くの？」

「えっ、今日ですか？　彼女と、窓見買物でもしようかなと思ってます」

「窓見買物……！　言葉遣《づか》いが素敵《すてき》……♥」

「ああん、あつしくん抱いて……♥」

ほうっ、とあつしくんを取り巻いている女の子たちが桃色の吐息をこぼす。

「……??」と、状況を理解できないカラ松。

「きゃー、あつしくーん、待って～♥」

「いや、窓見ってぐぼ!! げべ!! あつしくんって誰……うごふッ!?」

走り去るあつしくんの車を追う女子たちにドカドカと背中を踏まれ、カラ松はバッタのように体を跳《は》ねさせた。

「……???」

ニュースなんてチラとも見ないカラ松は、突然の変化にただ首をかしげるばかりだった。


満身創痍《まんしんそうい》で家に帰ったものの、兄弟たちの様子もどうもおかしい。

居間でバスローブに着替え、戸惑《とまど》いを落ち着けようとグラスを傾けていると、トド松とチョロ松が帰ってきた。

「買い物疲れた～。あっ、カラ松兄さん、葡萄液飲料《ぶどうえき》飲んでる! ボクにもちょっとちょうだーい」

「はー、今日も物販《ぶっぱん》並んだわ～。カラ松、僕も葡萄液飲料もらっていい?」

(葡萄液飲料……?)

カラ松は、気がついた。今日起きた環境の変化。

(ふむ、もしかすると……)

状況を推理《すいり》して返答する。

「ああ――天使の紅《あか》き涙のことか？　それならまだ、冷蔵庫に残りが……」

「はぁ？　なに、天使の紅き涙って。普通に言ってよ、普通に」

トド松が呆《あき》れた声を出した。

「じ、じゃあ、豊穣《ほうじょう》の大地の雫《しずく》とか……」

「カラ松、本気？　クソダサイタイよそれ、引くわ〜」

チョロ松が、困り眉《まゆ》の尻《しり》をさらに下げる。

「……？？？？」

(ただ漢字にするだけかと思ったが……違うのか……？)

カラ松は、目を白黒させた。

考えて、普通になるよう寄せて言ったつもりだった。それなのに、兄弟たちは普通ではないと言う。

(――わからない……)

どう言えば今まで通り受け入れられるのか――

目を回しそうになっているところに、おそ松、一松、十四松も戻ってきた。

「ただいま満塁本塁打《まんるいほんるいだ》〜！」

「あのさー、カラ松いるー？」と、おそ松。

「ホワッツ？　ブラザー？」

「……あ。いました、クソ松……じゃない、反社会松」

一松が、玄関にいるらしい誰かに向けて、カラ松が部屋にいることを知らせる。すると
すぐに、二人の人物が部屋に駆けこんできて――

「ついに見つけたざんす！　超S級指名手配犯、松野カラ松～！」

「警察だ！　観念しやがれ、バーロー！」

「え――えええっ……!?」

カラ松は、警官の制服を着た出っ歯の男イヤミと、拳銃の代わりにおでんを携《たずさ》えた小柄な男チビ太《た》に、ガシャンと手錠《てじょう》をかけられた。そしてバスローブ姿のまま、居間から引っ立てられる。

「ちょ……おい、待ってくれ！　プリーズ！　オレは……」

「ぷ、プリィィ……!?　なんておぞましい言葉を口にするざんす!?」

「これ以上罪を重ねるなカラ松！　知らねえ仲じゃねえんだちくしょー！」

言い訳をしようとしても、事態を悪化させるばかり。なにをどう言えばいいのかわからない。下手《へた》な発言もできず、まわりの兄弟に助けを求めようと視線をやるが、

「…………」

「…………」

「…………」

「…………」

「…………」

兄弟たちは全員、無の顔で、こちらと目も合わせない。

昨日まではあれだけ自分に頼ってきた兄弟たちが⁉

「オ、オイっ……！　……みんな、ヘルプ…………っ！」

「往生際《おうじょうぎわ》が悪いざんす！　次に言ったら命はないと思うざんす！」

「本気だぞ！　大人しく捕まりやがれ、バーローちくしょー！」

「え、えええええっっ⁉」

カラ松が表に引きずり出されても、兄弟たちは家の中から出てもこない。

困惑《こんわく》が加速する。なにがなんだかわからない。せめて兄弟たちにはこんなことになっている理由を教えてほしい。

だからカラ松は、通りを引きずられて行きながら叫んだ。

「……………ブ、ブラザ――――――――！！！！！！」

ガチャッ――。その瞬間、カラ松の頭上で引き金を引く音がした。

そして、バ――ン、と。

銃声が町に響き渡る。

樹上の鳩《はと》の群れがあわただしく羽ばたいて、

「ホエホエ、日本も住みにくくなったダスな〜」

「真面目《まじめ》にやってもバカを見るだけだよ———ん」

近所の住人が、他人事《ひとごと》のように通り過ぎていった。

夏休み

LIGHT NOVEL
OSOMATSUSAN
MAEMATSU

夏——それはアバンチュールの季節。
クレイジーなサンシャイン、オーシャンから吹くウインド——そして足元の灼《や》けた砂のように、オレたちのロマンスも今、燃えあがろうとし「ぐべぼぁっっ!!?」

「うぅぅぅうううう海——————ッッッ!!!!」


背後から思いきり助走してきた十四松《じゅうしまつ》が、ちょうどそこにいたカラ松《まつ》の後頭部を手頃な踏み台にして跳《と》んだ。

麦わら帽子をかぶり、浮き輪に入った十四松は、今にも目の前の海に飛びこんで行く勢い。まさに夏の獣《けもの》である。

そして、顔面から砂浜に突っこんだカラ松を見下ろして、トド松《まつ》が嘆息《たんそく》する。

「カラ松兄さん。邪魔なんだけど」

「……と、トッティ……」

「てかさぁ、なんで海に来たのに革靴《かわぐつ》とか履《は》いてんの？　カッコつけてるつもりなの？　イッタイよねえ」

　そう言うトド松は、半袖《はんそで》のコットンシャツに膝丈《ひざたけ》のショートパンツ、足元はピンクのオシャレサンダルだ。

　日除《ひよ》けのパラソルを抱えたまま、すたすたと立ち去っていくトド松。

　それに続き、長男おそ松《まつ》、三男チョロ松《まつ》が当然のようにカラ松を踏み越えていく。

「ホワッ、ホワイッ⁉　なぜ踏むっ⁉」

　さらに丸めたレジャーシートを小脇《こわき》に抱える一松《いちまつ》は、最後尾についてきて、やはりカラ松を踏み越えた。

「ホワァイッ⁉」

「やー、夏休みだね～！」

　砂浜に立ち、伸びをするおそ松。それにトド松が相槌《あいづち》を打った。

「ま、ボクたちは普段から毎日夏休みだけどね」

　続いて、チョロ松が陽《ひ》に手をかざして目を細める。

「この時季ばかりは、ちゃんと毎日働いてる上層カーストの人たちが、僕たちのレベルまで降りてくるからね」

「暇《ひま》でも目立たないし」

　一松もぼそりと言った。

「なんかホッとするよね～。いいな～夏休み」

　おそ松はうんうん頷《うなず》くと、「よぅし」とゆるーく握った拳《こぶし》を振り上げる。

「今日は思いっきり、羽を伸ばそうー！」

「「「「うぇ〜〜〜い!!」」」」

声を揃《そろ》えた兄弟は、さっそく砂浜にレジャーシートとパラソルを広げ、思い思いの格好《かっこう》でくつろぎ始めた。

おそ松はビールの缶を開け、チョロ松はラジオのスイッチを入れる。一松はレジャーシートの端で膝を抱え、トド松はパラソルの下で日焼け止めを塗っていた。十四松は泳ぐだけでは飽き足らず、突如《とつじょ》スクリュー回転で海底を目指すと、そのまま素手《すで》で土を掘り、地下深くマントルを目指した。

そうして、ひとしきり——服を脱ぐわけでも、水着になるわけでもなく、自宅の居間とほぼ同じテンションでぐだぐだしていた兄弟たちだったが。

ひとり服のまま海に入っていた十四松が、「とーうっ」というかけ声とともに、びちゃびちゃと海水を撒《ま》き散らしながらパラソルの下に飛びこんできた。

「ねえねえ、なんかして遊ぼうよー！」

「ちょっと、体拭《ふ》いてから来てよ、十四松兄さん。シート、水浸《みずびた》しになるでしょ」

顔をしかめるトド松の横で、一松が十四松に訊《き》いた。

「なんかって、なに」

「なんかって、えっと、スイカ割りかな!?　スイカ割り!?!?　スイカ割りかな!?!?!?」

「ってスイカ割り一択《たく》かよ。そりゃ確かに定番だけど」

すると、チョロ松が眉《まゆ》をハの字に下げた。

「でもスイカ割りは今日のメインイベントだから、もう少し後にやりたいな」

そうなのだ。普段から自業自得《じごうじとく》と言うべき貧困にあえぐ6つ子たち。だがここは夏の海である。ひと夏の思い出作りのために、なけなしの金を集めて、スイカ割り用のスイカを奮発《ふんぱつ》して買ってあったのだ。

「そうなんだ！（シャクシャクシャク）でも今やろ！（シャクシャク）」

「うーん……」

考えるチョロ松。思えば、海に行くと決めた時から、十四松のはしゃぎようったらなかったな。自分だってこのまぶしい海を目の前にして、浮き足立つ気持ちもよくわかった。

「しかたないなあ……」

たまには弟のわがままを聞いてやるか。そんな気持ちでチョロ松が立ち上がると、

「やったー！（シャクシャクシャクシャク）」

「っておおおおおおおおおい⁉　何食ってんの⁉」

みんなでお金を集めて買った一つきりのスイカである。六人分の夏の期待を一身に背負ったスイカである。それを今まさに十四松が食っていた。

「えー？（シャクシャクシャクシャク）」

「だから！　スイカ割りしよっつった本人がなんで食ってんの⁉　ウソだあ！」

「あー……たしかに！（シャクシャクシャクシャクシャクシャクシャク）」

「だからせめて食うのをやめろ！」

そして食べ終わったスイカの皮が浜へぽとりと捨てられる。見れば、同じようなスイカの皮が足元に散らばっていて、数えればちょうど丸々一個分あった。

「あ……あ……」と、愕然《がくぜん》とするチョロ松。

その事態に気づいたほかの兄弟たちもがっくりと肩を落とす。

しかしその中、何かに気づいたおそ松がぽんと手を打ち、砂浜を指さした。

「あ！　じゃあさ！　あれでよくない？」

その先には、砂浜にビーチチェアの絵を描いて、キメッキメの顔で寝そべっているカラ松の姿。ちなみにそのかたわらには、トロピカルドリンク（の絵）が添えてあった。

「「「「…………」」」」

しばしそれを見ていた兄弟たちが、いっせいに頷くのに時間はかからなかった。

彼らはすぐさま、カラ松に飛びかかる。

「「「「そいやぁっ！！！」」」」

「オイ！　な、なにをするブラザー……あ、ああッ、や、やめてぇエッ…………!!」

五人はあっというまに、カラ松の首から下を砂の中に埋めてしまった。

おそ松と一松が、げしげしとカラ松の体の上に盛り上がった砂を踏み固める。

一方、トド松は、十四松にタオルで目隠しをして、バットを持たせてやった。

「はい、十四松兄さん」

目隠しをした十四松は、あは、と笑いながら、やみくもにバットを振り回し始める。はたから見れば売出し中の殺人鬼である。

「あは、こっち？　こっちじゃない。じゃあそっち……あー……？」

「いいぞ～、十四松～。もちょっと右～」と、おそ松。

「十四松兄さーん、あと一歩前ー！」トド松も声援を送る。

「ああ……そこで思いっきり……殺《や》れ」

「おい誰だ、物騒《ぶっそう》なこと言ったの」

軽く引くチョロ松をよそに、十四松がアドバイスを真《ま》に受ける。

「あははははは――!!　わかった――!!」

「フッ、みんなこの罪なオレを縛《しば》りつけたがる……って何？　え？　本気？　ウソ？」

遊びと高をくくり、砂に埋まりながらカッコつけていたカラ松が事態に気づく。

笑顔の十四松から放たれる猟奇《りょうき》的なオーラは殺人ピエロのそれだった。這《は》い出そうと必死にもがくカラ松の目の前で、世界一明るい殺人鬼がバットを大きく振りかぶる。

「い――よいっしょ――！！！！！」

「ぎゃあああああああああ！！！」

「スト――ップ!!　十四松スト――ップ!!!」

完全に撲殺《ぼくさつ》体勢に入っていた十四松を、兄弟四人が必死で止めた。

「いやいやいや死ぬわ！　これは死ぬ！　死ぬ可能性がある！」

そう叫び、ぜえぜえと肩で息をするチョロ松に、十四松が「えー?」と、いかにも不満そうな声を上げた。どうしてもスイカ割りがしたかったらしい。

「いや『えー?』じゃないから！　夏の海だから！　水しぶきじゃなくて血しぶき上がっちゃうから！　スイカ割りは止《や》め！　中止！」

「あー……」

納得いったのかそうでないのか、いまいち判断できない顔で十四松は首をかしげた。

「じゃあさー、海ってなにすんのー?」

「なに、って……」

十四松に素朴《そぼく》に問われて、チョロ松はあたりを見回した。

夏、真っ盛り。波打ち際で遊んでいるのは——

白いビキニにポニーテール。花柄《はながら》の水着の腰回りを覆《おお》うパレオ。水玉もようの浮き輪に乗った女の子が、「きゃあっ♥」と歓声《かんせい》を上げる。

「いまの波、おっき〜い！」

「うん。おっきかった〜。食べられちゃいそうだった〜♥」

「あ！　そこの海の家に、フランクフルト売ってるよ〜！」

「わぁ、おっき〜い♥　私のお口に入るかな〜?」

きらきらと輝く、常夏《とこなつ》の楽園ベイビーたちである。

「ま、眩《まぶ》しい……っ……！」

あまりに強烈なリア充たちの輝きに、６つ子は顔の前に腕をかざした。いつのまにかカラ松も、砂の下から這い出て割れたサングラスを装着している。

「それにしても、なんだ!?　この圧倒的な居づらさは……！」

おそ松が喘《あえ》ぐように言った。まるでこの場に自分たちが吸える空気が用意されていないような息苦しさだ。

「あ……あれは……！」

謎の強い光に圧されながらも、目をこらしていたトド松が叫ぶ。

「け、結界《けつかい》だ……！」

「結界……!?」

「そう、ボクたちみたいな圧倒的最底辺かつ暗黒大魔界クソ闇地《やみじ》獄《ごく》カーストの住人を寄せつけない鉄の結界！」

「鉄の結界！」

「そう、そして越えられない壁……！」

「くっそ……どうりで……！」

おそ松は悔《くや》しげに呻《うめ》いた。リア充が無意識に放つ聖なる光は、自分たちのようなクソゲジ虫を寄せつけない。もし無理に踏みこめば命を落とす。

充実した毎日、輝ける未来の具現化《ぐげんか》とも言うべき光の斥力《せきりょく》に、兄弟たちはなすすべもなかった。そもそもこんな晴れがましい場所で、神にも等しい彼らと同じ空気を吸えると思うこと自体、思い上がりだったのだ。

「目が、目があぁあっ……！」

光を直視しすぎた十四松が視力を失う。

「……生まれ変わったら……甲子園《こうしえん》の砂に……」

「十四松⁉　ちくしょう！　十四松が何をしたって言うんだ⁉」

チョロ松の腕の中で、十四松の体がサラサラと砂になって消えていく。

「……こんなの暴力だよ！　ドキドキサマータイムという名の暴力だ！」

チョロ松の懸命な叫びは、しかしざわめきに紛《まぎ》れて消えていった。

がくりと砂に膝をついたおそ松が、悔しさに歯を食いしばる。

「くそ、誰か……あの結界を破れるやつは、せめて近づけるやつはいないのか……！」

「……………む、無理………」

弱々しく呻いた一松が、体を小刻《こきざ》みに震わせながら、膝をかかえてうずくまる。

「一松？」

「……だから言ったのに……海なんてやめようって……ろくなことにならないって……」

すると、ぶつぶつと呟《つぶや》く一松の背後に、ぼうっと黒い光の輪のようなものが浮かび上がる。よくよく目を細めて見ると、八角形を成したその漆黒《しっこく》の光は、幾層《いくそう》にも重なって一松の背中を覆っていた。それは無意識に人を殺すリア充たちから自分を守るため、一松の生存本能が生み出したバリアのようだった。

「ま――まさか、あれは……！」

「知っているのかチョロ松⁉」と、おそ松。

「噂《うわさ》に聞いたことがあるんだ……あれは、リア充に対する心の壁……‼」

「心の壁ぇっ⁉」

そして一松はますますうなだれ、鬱《うつ》なつぶやきをこぼしはじめる。

「……どうせおれなんて……おれなんて死んだほうが世のためだ……生きてたって限りある酸素の無駄遣《づか》いだ……」

「だ、ダメだ！」

チョロ松が緊迫した声を上げた。

「あのまま放っておくと――一松の精神は、リア充への妬《ねた》みと恐怖に汚染されて……崩壊《ほうかい》してしまう！」

「一松！　理性を保て！　闇に飲まれるな！」

「一松兄さん！　帰ってきて！」

「ふふふ……おれなんて……鼻をかんだあとのティッシュほどの価値もない……」

おそ松とトド松の声も一松には届かない。

「早く、ブラザーを救わなければ……！」

使命感に燃えるカラ松も、リア充の光にはあらがえなかった。

大胆《だいたん》なビキニガールの前では、男たちは無力に等しい。

なにもできずにいるあいだに、一松の心の壁はどんどんと肥大化《ひだいか》していく。

前方にはリア充たちが放つ光の壁。後ろには一松由来《ゆらい》の闇の壁。

このままでは、兄弟たちは、光と闇のはざまで惨《むご》たらしく圧死してしまう……！

「……ちくしょう……！　ここまでなのか……！」

諦《あきら》めかけたおそ松の肩を、そのとき、何者かが叩《たた》いた。

「すみませーん？」

「は、はいッッッ!?」

基本的に毎日が後ろめたいクズたちは、予想外の接触に弱い。

飛び上がったおそ松の後ろにいたのは——赤いビキニのスレンダーガールと、胸のボーダー模様がはちきれそうな豊満ガールの二人。

「は、はははははい!?　な、なにかご入り用で!!?」

すると女の子たちは少し照《て》れ臭そうに頬《ほお》を染めて、

「えっと……ちょっと、伺《うかが》いたいんですけど……」

「は、はいいいいいどうぞおおおおお!!!」

（ど、どうすんだコレ!?　海で女の子が話しかけてくるって、これナンパじゃね？　逆ナンじゃね!?）

（フッ……ようやくオレという名の灯台に気づいたか、カラ松ガールズ……）

（えーっ、ビキニえええーッッ!?　超絶かわいい！　超絶かわいいよビキニー!!）

目の前で起きた奇跡に、兄弟たちはシュバッと横一列に並んだ。

おそ松はここぞとばかりに、持ち前の軽薄さを取り戻す。

「あっ、もしかして腹減ってる？　実はへそくりがあるんだよね～。カレー？　焼きそば？　なんでもおごっちゃうよ～？」

カラ松はひび割れたサングラスをかけ直し、

「フッ……オレと、人生というオーシャンに船出しないか……」

チョロ松は高い自意識と下心がない混ぜになった結果、

「あ、僕、普段はこんなチャラチャラしたところにはいないんですけどねん～～～（胸を見る）。自分的なものを探してるんで、趣味は散歩っていうかん～～～（尻《しり》を見る）」

一松はいつの間にか起立していて、

「…………（息ができない）…………!!」

十四松は無邪気だった。

「スイカ知ってる!?　スイカ！　めっちゃ甘いよ!!」

そしてトド松が、自分たちの後ろにあるパラソルを手のひらで示した。

「あの、もしよかったら、ボクたちのところで休んでいきませんか？」

――これは、6つ子たちにとっては一発大逆転のチャンスだった。

これまで二十数年間、職もなければ女っ気もない荒れ地のような生活を送ってきた。

しかし、童貞《どうてい》さえ脱出できれば、すべてチャラである。

夏のビーチでは誰もが大胆になるそうだ。きっとこの女の子たちもいつになく開放的な気分になって、ひと夏の間違いを起こしてみたくなったに違いない。

今日、この場所で、彼らの灰色《はいいろ》の人生は、色づきはじめようとしていた。

「「「「「……………！」」」」」

固唾《かたず》を呑《の》んで彼女たちの言葉を待つ。

そして返事は返ってきた。

「あの、シャワールームの場所ってどこか知ってます？」

「「「「「え……？」」」」」

「いや、えって言われても。シャワールームの場所。知りません？」

「あ、ああ、シャワールーム？　えっと、あっちのほうにありましたけど……」

代表しておそ松が答える。

「ほんとですか。よかったー。ありがとうございますー」

すると女の子たちは頭を下げて、そそくさと立ち去っていった。

その間際《まぎわ》、「なにあれキッモ」「うわ、童貞の匂《にお》いついた。早くシャワーで流そ」とささやく声が聞こえた気がしたが、それを認めれば精神が崩壊しかねないので、誰も互いに確認はしなかった。

眩しいほどに照る太陽。呆然《ぼうぜん》と立ち尽くす兄弟たち。

周囲の喧騒《けんそう》と波の音がやけに遠くに聞こえていた。

◇

美しい夕陽《ゆうひ》が沈む浜辺に、並んで体育座りをした6つ子たちの影が伸びる。

「つかまえて〜♥」

「オ〜イ、待てよサチコ〜！」

目の前では、昼間、声をかけてきた女の子たちが、合流したらしいメンズと戯《たわむ》れていた。

ザァン、と浜辺に波が打ちつけた。

きゃはは、うふふ、と女の子たちが笑う声を聞きながら、

「でも……よかったよな……」と、おそ松が呟いた。

「いい夏になったね……」チョロ松が答える。

「ああ、最高のサマーメモリーだ……」カラ松もサングラスを外して目を細めた。

「ビキニの女の子と……会話しちゃった……」一松はその瞬間を反芻《はんすう》する。

「ボクたちには十分すぎたよね……！」トド松が幸せを噛《か》みしめると。

「おっぱーい！」十四松が万歳《ばんざい》をして締めくくった。

いろいろあった。いろいろあったが、水平線に沈む夕焼けを映す6つ子の瞳《ひとみ》は、それでも満足そうに見えた。

白か黒か

LIGHT NOVEL
OSOMATSUSAN
MAEMATSU

ある土曜日の昼下がり。

松野《まつの》家の６つ子の部屋では、四男一松《いちまつ》がひとり、ド真剣な目で塔のように組みあげられた積み木、つまりジェンガと向かい合っていた。

「よし……いくぞ……！」

今にも崩《くず》れそうな積み木の塔から、震える右手で部品の一つを慎重に抜き取る……と。

――ガラガラガラガラ！

音を立ててジェンガは崩れてしまった。しかし。

「おお、やった……左手の勝ちだ……！」

一松はかすかに頬《ほお》を染め、嬉《うれ》しそう。

「利《き》き手である右手有利という下馬評《げばひょう》を覆《くつがえ》し、左手がまさかの勝利……！　会場から拍手《はくしゅ》喝采《かっさい》がやみません……！」

一松は「よくやったぞー」「いい勝負だったぞー」と声音《こわね》を変えて独《ひと》りごとを言いながら、アリーナを埋め尽くす観客を一人で演じ、満足そうに「ふふふ……」と笑みを漏《も》らす。

「いやぁ白熱した戦いだった……。じゃあ次は……そうだ、ＵＮ●にするか」

きょろきょろと自分の周囲にぐるりと置いた漫画やゲームなどの遊び道具を見渡して、

一松はその中からカードゲームの束を手に取った。

◇

「はい、ドロー2」

「じゃあおれもドロー2」

「甘いね。ワイルド・ドロー4」

「ならおれもワイルド・ドロー4」

「うわぁ……きちゃったよ。合計……32枚？　全員死んで？」

「あの、さっきからおれだけスキップすんのやめてくれる？」

「じゃあ1枚目いくよ。ドロー2」

「ドロー2」

「ワイルド・ドロー4」

「あのさ、何でみんな人を攻撃することしか考えてないの」

「あとさ、おれの手前でいつもリバースすんの何で？　恨《うら》みでもあんの？」
※ここまで全部一松

「――ってこんなんやってられるかァァァアアアアアア！」

突然限界を迎えた一松は、手に持ったカードの束を床に叩《たた》きつけて叫んだ。

「……はぁ、はぁ、むなしい……」

こんなことを続けてもう三時間が経《た》とうとしていた。

「チッ、やっぱ一人じゃ盛り上がらないな……」

兄弟たちはみんな揃《そろ》って競馬へ行った。一松だけは猫の餌《えさ》やりがあったため、一人だけ家に残ることになり、その結果、ご覧《らん》の有様《ありさま》である。

「もうやることは大体やっちまったしな……。左手だけで黒ひげ危機一髪もやった。息止めて神経衰弱《すいじゃく》もやった。トランプ占《うらな》いにいたっては、クソほども興味ないのに兄弟の運勢まで占ってしまう始末《しまつ》……自分を殺したい……」

つまり完全に行き詰っていた。

こんな時、誰か友達でもいれば楽しめるのだろうが、一松にはそれがいない。

「ちくしょう……。そうだ、おれも競馬をしてみるか？　どの馬が勝つかじゃなくて、どのアホ松が負けるかとかな……ククク……」

一人ほくそ笑むが、しばらくするとすぐにわびしさが舞い戻ってくる。

「しかたない……オセロでもするか。でも普通じゃつまらないからな……」

一松は腕組みして考える。一人遊びには工夫が必要なのだ。ただ一人でオセロをしたってむなしくなるのは目に見えている。

「じゃあ、負けたら死ぬ。うん、負けたら死ぬことにしよう。マジだから。これ本当にマジだから。おれ絶対死ぬから。……よし」

そうして、オセロを箱から取り出した時だった。

玄関の開く音がして、兄弟たちの騒がしい声がなだれこんできた。

「やー今日も気持ちよく負けたねー！」

「負けて男は強くなる……そういうことだろブラザー？」

「僕の言った通りに賭《か》けてたら勝ってたのに。何度も言ったじゃん」

「負けた負けた！」

「むしろ負けてよかったよね！　逆に勝ってたらチョロ松《まつ》兄さんが調子に乗ってウザかったもん！」

「あん⁉　何だってトッティ⁉」

相変わらずやかましい奴《やつ》らだ、と一松が呆《あき》れ顔をしていると、スラッと部屋のふすまが開く。

「お？　何やってんの一松？　オセロ？　いいじゃん、一緒にやろうぜ！」

「え？　そう？　じゃあ……やる？」

おそ松《まつ》が小走りで部屋に入ってきて、対極にあぐらをかいて座るので、一松は素直に受け入れる。ずっと一人遊びで退屈していたから、内心嬉しかった。

「オセロー！　ぼくもやるやるー！」

「お、十四松《じゅうしまつ》もやる？　いいよ、一緒にやろうぜー！」

「ちょっと、ずるいよ！　ボクもやりたい！」

「よーし！　じゃあトッティも一緒な！」

次々と混じりたがる弟たちを受け入れるおそ松。

「いやいや、そんなみんなでできないでしょ？　オセロって二人用だから」

一松はそう言うけれど、

「フッ、ヒリヒリするような勝負の予感……血が騒ぐな……」

「まあ、みんなやるなら僕もやるよ」

「おーし、いいぜー？　みんな参加なー！」

さらなる参加者を受け入れるおそ松。ガバガバである。

気づけば、一つのオセロ盤を挟《はさ》んで、三対三の構図が出来上がっていた。

「え？　何これ？　オセロって複数対戦とかできんの？」

戸惑《とまど》う一松をよそに、おそ松が一方的に勝負の開始を告げる。

「んじゃ、俺、十四松、トッティチームと、一松、カラ松《まつ》、チョロ松チームで対戦なー！」

「「「「おー！」」」」

「そうなの？　これでやるの？　マジで？」

かけ声を上げる兄弟たちの中、想定外の事態に一人乗り切れない一松。

それというのも理由がある。

（まずい……！　よくわからないことになったぞ……！）

何しろ一松は――

（この勝負に負けたら、おれは死ななければならない……！）

冷たい汗《あせ》が一筋、背中を伝う。

一松の命を賭けた戦いが、今はじまろうとしていた。

◇

そうして、突如《とつじょ》口火を切られた松野家オセロ団体戦。

「どうした一松？　顔色がバッドだぞ？」

「……何でもねえよクソ松が……」

冷や汗を流す四男に気づいたカラ松が声をかけるが、一松は毒づくだけ。

（勝てばいいんだ。勝てば何も問題ない）

そう考えてのことだった。しょせんオセロだ。オセロならそれなりにやれる自信はある。

今までどれだけ一人オセロをしてきたと思ってる？

「ところでさー、どういうルールでやる？」

唐突《とうとつ》に言い出したのはおそ松。トド松《まつ》もそれに応じて、

「ああ、ローカルルールとかあるもんね？」

「ろ、ローカルルールルール？　オセロにそんなもんあんの……？」

一松は聞きなれない情報にうろたえる。

「革命ありにする？　都落ちは？」と、チョロ松。

「ヒリつくようなスリルを楽しみたい。アリだ。階段はナシだな」と、カラ松。

「何それ⁉　聞いたことないけど⁉」

さらに十四松が、「透明ランナーは⁉」

「それはねぇだろ！」

「まぁ、やりながらでいっかー！　ひとまずやろうぜ！」

「ちょっと待て待て！　そこふわっとしたままではじめんな！　こっちにはいろいろ事情があんだよ！」

「じゃあボクからいくねー。はいっ」

「せめて先攻後攻は決めてからやれよ！　お前末っ子だったら何でも許されると思うなよ⁉」

（まずい……まずいぞ……！）

船出からいきなり荒波に揉《も》まれる一松。常識という名の羅針盤《らしんばん》が音を立てて狂いはじめる。

「仕方ない……はい」

ともあれ、トド松に続いて白の石を盤上に置く一松。

何だかんだ無茶を言いつつ、はじまり方は普通だった。中央四マスに白と黒の石をクロスさせて配置。黒が先手ではじまった。

しかし次の瞬間、ルールはたやすく次元の壁を超える。

「ん〜、じゃあここ！」

パチンと音を立て、トド松が石を置いたのは、さっき一松が置いた石の上。

「んなとこ置けねえよ！　自由人か！」

「え？　ボクのとこじゃ普通だったけど？　まさか一松兄さん、まだ二次元ルールの人？」

「何⁉　二次元ルールって何⁉」

「最近の主流は三次元ルールだよ。今や平面だけじゃなく高さを使った立体的な戦略が勝負を決める時代だよ？　知らないの？」

「知らねえよ！」

「うわ〜一松〜！　次元遅れ〜！」

「時代遅れみたいに言うなよ！」

トド松の言うこともおそ松の言うこともまるで理解できない一松。

「ちくしょう、何だってんだ……」

仕方なく、番が回ってきたので石を置く。当然二次元ルールのままだ。

とはいえその後、次元遅れの一松でも互角に渡りあう。だてに同年代の若者が街で仲間や女とシケこんでいるあいだ、一人オセロをしていない。

戦局は一進一退。

すると、ここでおそ松が局面を変える一手を打つ。

「俺のターン！　俺は手札から《働かざる黒魔術師》を召喚《しょうかん》！」

「はぁあ⁉」

この展開は誰もが予想できなかった。おそ松はどこから持ち出したかわからない謎の手札の中から、一枚のカードを盤上に叩きつけた。

「特殊効果発動！《働かざる黒魔術師》は場に出してから五秒間、相手の石を自由にひっくり返すことができる！」

「「「「うぉぉぉおおおお！」」」」と、兄弟たちの歓声《かんせい》が上がる。

「おりゃあああああ！」

おそ松の目にも留まらぬ手さばきで、一松の白石が次々と黒く塗り替えられていく。

「待て待て待て！　勝手に何してんの⁉」

さすがの一松も黙っていられず立ち上がる。

「これオセロだよ⁉　何で急にカード出てくんの⁉　頭痛いの⁉」

するとおそ松はきょとんとする。

「え？　俺のとこじゃ普通だったけど？」

「お前んとこってどこだよ！　おれたち昔からずっと一緒だったよなぁ⁉」

しかし一度はじまった闇《やみ》のデュエルは、どちらかが倒れるまで終わらない。

「さらに俺のターン！　《社会不適合者・パラサイト》を攻撃表示！　くらえ！　滅びの

ノーフューチャー・ストリーム！」

「聞いてる⁉」

突っこみに夢中の一松に、残酷な社会の現実が襲《おそ》いかかる。

「下がっていろ一松！」

ドンッ！

その時、一松と敵の間に割って入ったのは、カラ松だった。

「クソ松⁉」

身代わりになるつもりのようだ。

一松は突かれた勢いで尻餅《しりもち》をつき、カラ松はそれを横目にニッと笑うと、

「よし、ライフで受ける！」

「はぁあ⁉」

ぐっと胸を張り、覚悟を決めた表情を浮かべる。貯蓄、年金、両親の健康から機械化の波まで、働かない若者にのしかかるあらゆる将来の不安が、目に見える形をとってカラ松に殺到《さっとう》する。

「うわぁぁぁああああああああ⁉」

弟をかばって攻撃をまともに受けたカラ松は、衣服が破れ、あちこちに擦《す》り傷を負い、がくりと膝《ひざ》をついた。

それでもカラ松は心配させまいとサングラスを装着し、ニヒルに笑った。

「ノープロブレムだ、一松。かすり傷さ」

「聞いてねえよ！」

「ふごぉっ！」

怒りにまかせて、一松は傷だらけの次男の後頭部に鮮烈な踵落《かかとお》としを決める。

一松は焦《あせ》りを隠せない。こんなことをしている場合ではないのだ。

オセロの盤上を見れば、おそ松の攻撃により、石一つを残してすべてが黒に塗り替えられていた。このままでは負けは必至《ひっし》。どうにか挽回《ばんかい》しなければ。

(放っておけばおれの命はない……！)

冷や汗がこめかみを伝う。と、カラ松がむくりと起き上がった。

「一松、ノープロブレムと言ったろう。むしろ流れはこちらにきている」

「何だって？」

「オレを見てみろ」

「お前を？」

言われた通りに見てみれば、カラ松は傷だらけ。着ていた服もボロボロで、砲弾の雨の中を駆け抜けてきたような有様だった。アニメや漫画なら、どんな攻撃を受けても衣服の大事な部分だけは破れないが、カラ松にいたってはむしろそこ中心に破れていた。

「殺すぞてめぇ」

「わかっていないな一松。……見ていろ！」

カラ松は自陣《じじん》の白石を手に取り、ここしかないというマスを見つけると、射抜《いぬ》くように打ちつけた。

すると、ほとんど真っ黒に染まっていた盤上が、みるみるうちに白く塗り替えられていく。

「おお……！」

感嘆《かんたん》の声を洩《も》らす一松。

事情をにわかに理解できない一松に、カラ松が解説した。

「フフ、オレが攻撃を受けたことで流れを摑《つか》んだのさ。ヒーローとはそういうもの。……脱げば脱ぐほど力が増す」

ドラゴンボールしかり。聖闘士星矢《セイントセイヤ》しかりだ。

しかし、その直後、おそ松が黒石を打つと、また形勢は元通りに。

「なっ……！　こんなはずじゃ……っ⁉」

「そんなはずだよクソ松が！　かえれ！　土に！」

「アウチッ⁉」

一松の無慈悲《むじひ》な飛び膝蹴《ひざげ》りにより、カラ松はガシャァンと部屋の窓を突き抜けて、道路へ落下していった。

「しょうもない時間を過ごしてしまった……」

再び一松はゲームに集中する。逆転の目はあるはず。諦《あきら》めないことが重要だと、一人オ

セロは教えてくれた。

読む読む読む――

「見つけた！　ここだ！」

数手先まで読み抜いて、ここしかないというマスに打ちこもうとする一松。

――しかしその瞬間。

「はぁあっ⁉」

驚くべきことに、打とうとしたマスに突如穴が開き、一松の石が奈落《ならく》の底へと消えていったのだ。

誰の仕業《しわざ》かと言えば……

「フォーク！」

ここまで沈黙を守っていた十四松。

「おお！　ここでフォーク！　やるねぇ十四松！」

おそ松がパチィンと指を鳴らし。

「やー、配球の妙《みよう》だねー」

トド松が唸《うな》った。

「えっへへー！　ずっとタイミングを計ってたんだよね！」

「野球盤じゃねえから！」

もう何でもアリである。いつの間に工作したんだとか、そもそもオセロとは何だとか、そんなものは愚《おろ》かな問いである。

しかしその後も、

「フォーク！」

「……」

「フォーク！」

「…………」

「フォーク！」

「………………置けねえんだけど⁉」

十四松の巧《たく》みな配球に惑《まど》わされ、一松はキリキリ舞いさせられる。

「いやー、角度が違うよねー」と、おそ松。

「ほんとほんと、国内じゃここまで落ちるフォークにはお目にかかれないよ」

「ハッスルハッスルー！　マッスルマッスルー！」

「ちくしょう、まさかオセロなのに石が置けない事態になるとは……」

一方的な展開だった。

敵は手ごわい。おそ松、トド松、十四松、全員が決定力を持ち、それでいて流動的に絡《から》み合う。盤石《ばんじゃく》。まさにその言葉が似合うチームだった。

対する一松陣営《じんえい》は、普通のオセロしかできない一松、すでに故人となったカラ松、そしてここまでだんまりを決めこんでいるチョロ松。

(これでは歯が立たない……!)

一松が勝負を諦めかけたときだ。

「──そろそろ僕の出番みたいだね」

満《まん》を持《じ》して動いたのはチョロ松だった。

その盤上を見つめるまっすぐな瞳《ひとみ》には、勝利の方程式が見えているかのようだ。

「オセロは頭脳戦だよ。冷静さを失った奴から負けていく」

「チョロ松兄さん……」

三男チョロ松。

むやみに高い自意識を武器に、兄弟の中で唯一《ゆいいつ》前向きに就職を考えるが、考えるだけでいつまでたっても無職という、かえって性質《たち》の悪い馬鹿《ばか》。情熱を燃やす先はもっぱらアイドルで、中途半端な地下アイドルに搾取《さくしゅ》される日々を送っている。

(ダメだ……どうにかなる気が一切《いっさい》しない……!)

頭を抱える一松。

(いや、でも考えてみろ)

たまに鋭い突っこみをするし、冷静さという面ではなかなかだ。穀《ごく》つぶし揃いの6つ子の中にあっては頭脳派と言えなくもない。持ち前の意識の高さも、方向性さえ間違えなければプラスに作用するはずだ。

それにあの自信満々の目。

ここはこの男に任せるしかない。一松は一縷《いちる》の希望を兄に託《たく》した。

「次！　そっちの番だよ！　チョロ松兄さん！」

「ああ。わかってるさ」

せかす十四松に応《こた》え、チョロ松が腰を上げる。

そしてゆっくり腕を伸ばした先は、盤上ではなく――年代物のラジカセ。

ガチャ、と再生ボタンが押され、アップテンポの曲が流れはじめる。

『――にゃー♪　にゃー♪　にゃー♪　にゃー♪』

頭の悪そうな電子音に、あざとさ全開の甘ったるい歌声。

一同は無言になる。

『――ねっこちゃんはわがままでー♪　おっかねーに目がないのー♪　はい！　にゃん♪にゃん♪　にゃんにゃん♪　諭吉《ゆきち》――――ッッ！』

それはチョロ松が入れこんでいる地下アイドル、橋本《はしもと》にゃーの代表曲らしい。

緊迫した場の空気から悲しいほどに浮いていた。

沈黙を引き裂くように、チョロ松が言い放つ。

「――勝ち確ＢＧＭだ」

「ばーか！　お前ばーか！」

まさかの頭脳戦。

勝ち確ＢＧＭといえば、主にアニメで主人公側の攻勢がはじまったときに流れるオープニング曲や挿入歌《そうにゅうか》であり、それが流れると自動的に主人公側の勝利が確定する一種の儀式だ。

途方もない、馬鹿である。

「お前に少しでも期待したおれが間違いだったわ！」

胸倉《むなぐら》をつかんで凄《すご》い目で睨《にら》んでくる一松に、しかしチョロ松は、「まだ判断するのは早い」とばかりに首を振った。

挑戦的な目でニヤリと笑い、そして思い返すように語り出した。

「——あれは去年くらいのことだっけ。みんなでスーパーのフードコートに行ったよね。そこでさ、隣に座った頭チリチリの人がおばさんなのかおじさんなのかわかんなくて議論したことがあったでしょ」

「ああ……あったけど」

「声を聞いたらわかるってことになってさ。みんなでじっとその人がしゃべるのを待って、で、やっと『よいしょ』って声が聞けたんだけど、それも変に甲高《かんだか》くて、やっぱり最後までおばさんなのかおじさんなのかわかんなかったよね」

「……ああ、うん」

「思い出すよね」

「…………で？」

「はい、と」

変な間《ま》のあと、出し抜けにチョロ松が盤上に石を置く。

「え、何!? さっきの話何だったの!?」

「え? 回想だけど」

「いやいや意味わかんない!」

「回想は勝ち確パターンでしょ」

「もう本っ当馬鹿だな!? 何でよりによってそんなしょうもない過去を回想すんの!?」

(ああ! 何でこっちのチームは馬鹿ばっかかなんだよ!?)

一松が悔《くや》しさで床をダンダン踏み鳴らしているあいだに、

「はい、こっちの番。お、もうほとんど黒ばっかになっちゃったねー」

おそ松が次の石を打ち、そう言った。

その通り、盤上はもうほとんど敵の石に支配されていた。さらに四つ角もとられ、どう頭をひねろうとも逆転の目は見つからない。

そう思うと、一松の動悸《どうき》が激しくなる。

「殺される……! 馬鹿どもに殺される……!」

謎のローカルルールを駆使する敵と、頭の悪い兄二人のせいで、一松の命は風前の灯《ともしび》だった。走馬《そうま》灯《とう》のように思い出が浮かんでは消えていく。

「一松兄さん打たないの? あ、そっか、もう打つとこないんだー」

トド松が悪意なくそう言って、また一つ、マスを黒く染める。

「UNO！　はい、UNOだよ！」

さらに十四松が根本的に間違えながら石を置く。

もはや敗戦処理。一松に勝ち目など残されていなかった。

じわじわと嬲《なぶ》り殺される感覚。

「もはやここまで……！　おれはここまでなのか……！」

まさかオセロで死ぬとは思わなかった。

両親に申し訳が立たない。「息子はオセロに巻きこまれて死んだんです……」そうご近所に説明しなければならない地獄を想像して悲しくなる。

友達のいない自分でも、急にいなくなれば周囲に多少なりと迷惑をかけるかもしれない。野良《のら》猫たちも心配だ。ちゃんと誰かから餌をもらえるだろうか。

それに、誰にも見つからない場所に隠しておいた特殊なエロ本もある！

（ダメだ……！　まだおれは死ねない……！）

一松の心に精気が戻る。生きねばならないという焦燥《しょうそう》感と迫りくる死の恐怖の狭間《はざま》で、目がギンギンになる。

「お、お、お、お…………………………………！」

「え、ちょっと、何か一松兄さんおかしくない？」

「一松？　ど、どうした？　ガタガタ震えてるぞ？」

「一松兄さんが変だー！」

「一松！　落ち着け！　またにゃーちゃんの曲を聴くか⁉」

「うおおおおおおおおおおおおおおおおおおおおおおおおおお‼」

一松は突然立ち上がり、オセロの盤を勢いよく持ち上げた！

「もごごごごごごごごごごごご！」

そして優勝した力士が大盃《おおさかずき》をあおるように、石をすべて口の中へ滑りこませていく！

「一松⁉」「おなか壊すよ⁉」「一松兄さん！　イッキ！　イッキ！」などと、兄弟が突然の一松の奇行《きこう》を止めようとするが、彼は聞く耳を持たない。

「んごごごごごごごごごごごごごごごごごごごごごごごごごご‼」

——そして。

「……げぷっ」

飲みこんで終了。

裁判

LIGHT NOVEL
OSOMATSUSAN
MAEMATSU

「――それでは、開廷するざんすよ。被告人は前に出るざんす」

雨合羽《あまがっぱ》のような黒い法服を着たイヤミが、おごそかに告げる。

すると静かな法廷に、腰縄《こしなわ》をつけられたおそ松《まつ》が引っ立てられてきた。

被告人：おそ松
罪名：傷害罪（ＤＶがキツイ！）

「では検察のトド松《まつ》、被告人の起訴状を朗読《ろうどく》するざんす」

「わかりました」

検察側の席に座っていたトド松が、起訴状を朗読する。

「被告人である松野《まつの》おそ松は、自分が面白《おもしろ》ければそれでいいという性格です。そのために
は、弟たちにも平気で暴力をふるいます」

「なんだトド松、言いがかりだろぉ!?」

証言台のおそ松が反論すると、イヤミが「静粛《せいしゆく》に！」と木槌《きづち》を鳴らした。

「トド松、続けるざんす」

「――ハイ。サンドバッグ並みのめった打ちは当たり前、最近はまず、起こし方からキツいのです！　この間なんか、寝ているボクに、早朝バズーカをぶっ放しました！」

「……おれは寝起きに納豆巻《なっとうま》きを食わされた」

たまらず傍聴席の一松《いちまつ》が手を挙げて言った。

「納豆巻きざんすか？　それなら朝ごはんと思えなくもないざんすが……」

「……鼻からだぞ？」

「おそ松！　一松の言ったことに間違いはないざんすか!?」

「えー、間違ってはないけどぉ。でも、面白くない？」

「いや、面白いけど」

トド松がつい「プッ」と噴《ふ》き出す。

「お前どっちの味方だ、トド松!?」

「いや、でもさ、あのときの一松兄さん、呼吸困難で顔紫色《むらさきいろ》だったもんね。プッ、あのまま死んでたら死因『納豆死』だったよね。うける」

「うけねえよ！」

一松が机を叩《たた》く。そして負けじと、

「カンチョーもキツいんですけど！」と声を上げると、

「えー、カンチョーなんてスキンシップでしょ？」

おそ松が返す。

「なにがスキンシップだ！　スキンどころか猛烈にえぐりこんでくるから中の方にまでダメージきてんだぞ!?　あれほぼ内臓だよ！」

「あ～確かに。本当に限度知らないよね」

思い当たることがあるようで、トド松も同意した。

「歩いてるボクらの背後に忍び寄って、傘《かさ》の持ち手のとこで股間《こかん》を思いっきりフィッシングしてきたこともあったでしょ？」

おそ松が「あー、あったあった！」と愉快《ゆかい》そうに手を叩く。

「『がまかつ』ね？　面白かったよなー。ほんっと飽きない」

「いや、あれクッソ痛いからね!?　股間がいくつあっても足りないからね!?」

「やってることが小学校から変わらないからな……」と、一松。

「まだあんな遊びをしてるやつがいたざんすか……」

さすがのイヤミも呆《あき》れるが、おそ松はまったく悪びれない。

「な～んだよ、俺はみんなを楽しませようとやってんだよ？　場を盛り上げてんだよ？　なのになんで責められんの？」

「そーゆー勝手なとこがダメなんだよ！　だからモテないんだよ！　このクソ童貞《どうてい》！」

「あぁ!?　なんだってトッティ!?」

するとおそ松は証言台から駆け降りて、トド松にドロップキックをかます。

「ひでぶっ!?」

吹き飛んだトド松は壁に頭から突き刺さる。

「トッティイイイ!!!」

傍聴席にいた十四松《じゅうしまつ》とカラ松《まつ》が、あわてて駆け寄る。

血だらけのトド松は、それでもムクリと起き上がってイヤミに叫んだ。

「ほら見たでしょ!!　今!!　暴力ふるったよね!?」

「だからスキンシップだってば」

「認められるかー!!　損害賠償《ばいしょう》ー!!　慰謝料《いしゃりょう》請求してやるぅぅぅ!!」

「有罪ざんす」

被告人：カラ松

罪名：傷害罪（存在がイタい！）

「は〜、次は誰ざんす？　さっさとするざんす。そもそもミーはお前たちのことなんかヘソのゴマほども興味がないざんす」

裁判長のイヤミは、早くもやる気なさげに木槌をカンカンと鳴らす。

すると一松がのそのそと入廷した。

「次はおれだけど」

「じゃ、検察の一松、被告人の起訴状を朗読するざんす。ええと、被告人は——」

「待ってくれ――正義の番人たち」

そこでバァン！　と扉が開き、慎《つつし》みもクソもない革《かわ》ジャンにジーンズ姿のカラ松が現れた。

「――窃盗罪《せっとう》か。悪意はなかったが、やむを得ない。覚悟はできている」

「いや、罪状は違うけど」と、一松は冷静に返す。

「ああ……これ以上は、自分が怖いんだ。オレは自分の知らないうちに、人々のハートを盗んでしまう」

カラ松はバッと革ジャンの胸を開き、裁判長を仰《あお》いだ。

「さあ！　オレを裁くがいいさ、ミスター・イヤミ。ジャッジメントの時間だ。そしてオレを、罪の呪縛《じゅばく》から――」

「無罪ざんす」

「……え？」

「なんかもう、めんどくさいざんす」

「いや……そこをなんとか」

「さっさと帰れざんす」

被告人：チョロ松《まつ》
罪名：アイドルの為《ため》に実は結構貯《た》めこんでる罪

「では検察の十四松～、被告人の起訴状を朗読するざんす～」

イヤミは軟体動物のように椅子《いす》の上でだらりとし、器用に足で木槌をついた。

「ハイハイハーイ！　チョロ松兄さんはお金をたんまりためこんでま――す！」

すると、本人より先に傍聴席が反応する。

「「「「ええっ!?　金ぇ!?」」」」

たかが金で全員総立ちである。

「なに、チョロ松お前、俺たちに黙って金貯めてんの!?」

真っ先に食いついたのがおそ松だ。

「お、お金を貯めて何が悪いんだよ！　責められることじゃないでしょ！」

「ばっかお前、金持ってるやつなんて、みんな悪いことしてんだぞ!?」

「偏見《へんけん》がすごいよ！」

おそ松と言い合っていると、ふいにドンと、チョロ松の胸が拳《こぶし》で突かれる。

誰かと思えばカラ松だ。

カラ松はニヒルに笑ってサングラスを外すと、

「フッ、チョロ松よ……。ちょうど新しいタンクトップが欲しかったところだ……」

「カッコつけて物ねだってくんなよ！　お前ら金持ってる＝たかっていいと思ってる節《ふし》あるよね!?」

「お前だってそうだろう！」

「自分の時は話が別！」

と、チョロ松が腕を振ったときだ。

「痛っ……」

いつの間にかそばにいた一松に、チョロ松の手が当たってしまった。

「あ、ごめん一松――」

あわててチョロ松が振り返ると、

「きゅ……救急車……呼んでくれ……」

「いやいやいや！」

一松はいつの間にか血まみれになっていた。サイバイマンに敗《やぶ》れたヤムチャのように地面に倒れ、蚊《か》の鳴くようなか細い声を上げた。

「ちょっと当たっただけだよね⁉ なんでそんな重体なの⁉」

「とんでもない重傷だよ……入院代払って」

「こいつ当たり屋だよ！ おまわりさ――ん⁉」

チョロ松が金を持っていると知った途端《とたん》、あの手この手でそれをふんだくろうと画策《かくさく》する兄弟たち。金がからむとろくでもない。

「チョロ松兄さ――ん！ 見て見て！」

「ん？ 十四松か」

検察席にいたはずの十四松がなぜか法廷の入り口から現れる。その姿を見れば、新品のユニフォームにピカピカのバットを持っていて、

「どうかな？　似合う⁉」

「こいつ、もう買ってきちゃったよ！」

男は黙って行動という大事なことを教えてくれる五男・十四松。

ここまで黙っていた裁判長も口を開いた。

「ふむ……だんだんミーも気になってきたざんすね。チョロ松、お前いったいいくら貯めこんでるざんす？」

「べ、別に貯めこんでなんか……！」

法廷中の視線を浴びて、チョロ松が後ずさりをする。

その隙《すき》を見逃さないのが、軽いフットワークが自慢の六男・トド松だ。

風のように動いてチョロ松の財布《さいふ》をかすめ取り、中身を素早くあらためた。

「な……⁉」と、トド松が驚愕《きょうがく》に目を見開く。

「い、いくら入ってたざんす⁉」

裁判長のイヤミも身を乗り出す。イヤミにしたって金は必要だった。食べるものに困ってネズミやタニシ、アリだって食べた。定期的に6つ子に破壊される車の修理代だってばかにならない。

トド松は中のお金を抜き取って叫んだ。

「裁判長！　二〇〇〇円もあります！」

「「「に、二〇〇〇円だってぇ――!?」」」


「え……遠征《えんせい》に備えてんだよ！　ライブのさ！」

チョロ松が弁解するが、兄弟は聞く耳を持たない。

「ほらー！　やっぱり貯めこんでやがる！　二〇〇〇円なんて大金だぞ！」と、おそ松。

「イイ男には金がかかる。そうだろブラザー？」カラ松がポーズを決める。

「本性を現したか……金は人を変えちまう」一松が世を儚《はかな》むと、

「ねぇねぇベースも買っていい!?　三塁ベース！」十四松が目を輝かせ、

「ボクは合コン費用に充《あ》てたいな～」トド松はスマホでスケジュールを確認した。

しかしチョロ松も簡単に金を渡すわけにはいかない。

上着を脱ぎ捨て、戦闘態勢をとると、

「やるならやってやる！　僕の二〇〇〇円は渡さないぞ！」

「「「「望むところだぁぁあああ――!!」」」」

同時に飛びかかってくる兄弟五人。

揉《も》み合いになった六人は、舞い上がった床の埃《ほこり》にまみれて上も下もない状態。

「……しょーもないやつらざんす」

それを冷めた目で見た裁判長は、法衣《ほうい》を脱ぎ捨て、出口へ向かう——と思いきや。

「この際公平にその二〇〇〇円はミーが預かるざんす！　さあ、チョロ松！　早くミーにその大金をよこすざんす!!」

アクロバティックにとび跳《は》ね、自《みずか》らも揉み合いの真っただ中へダイブする。

これが人類最底辺の戦いである。その醜《みにく》さを断ずるように、揉み合いのはずみで宙に舞ったイヤミの木槌が、床でかーんと間抜《まぬ》けな音を立てた。

熱いウロコでKissをして

LIGHT NOVEL
OSOMATSUSAN
MAEMATSU

乙女《おとめ》には誰しも、秘密のたしなみがあるものよ――

机の前に座ったトト子《こ》は、引き出しの奥から、一冊のノートを取り出した。ピンク色の表紙には、自分だけにわかる暗号〝♡F6♡〟の文字。

――えっ、なんのことだかわからないって？

いいの、これは誰にも読ませるつもりなんてないんだから。

だって、誰にも言えるわけがないでしょ？　超絶かわいくて完全無欠で現実でもモテモテな私が、セレブな彼らとのイチャらぶライフを妄想《もうそう》してるだなんて――

「……ウフ、ウフフ……」

トト子はノートの表紙をめくると、新しいページを開いてペンをとった。

――そう、これは私だけの、秘密の楽しみ。私は妄想をドリーム満載の小説にして、こうしてノートに書き留めているだけ……それだけで満足なの。

「今回はシリーズ六作目。ドキドキの海釣りデートに出発よ、トト子！」

のどかな昼下がり、今日もペン先はなめらかに走る――

〜　熱いウロコでKｉｓｓをして　　作・弱井《よわい》トト子　〜

潮《しお》の香り、海鳥の声。キラキラと輝く真夏の太陽が、ワンピースの裾《すそ》で踊っている。

お気に入りの麦わら帽子をさらったのは、イタズラな海風……

「きゃ……」

ふわりと舞い上がる私の麦わら帽子をキャッチしてくれたのは——

「バーカ。フラフラしてんじゃねえよ、お前が海釣り行きてえって言ったんだろ？」

「カ、カラ松《まつ》くん……！」

そう——私、弱井トト子は、ひょんなことから赤塚不二夫《あかつかふじお》財閥《ざいばつ》の6つ子たちとお近づきになったのだ。

「オラ、お前がよそ見してるあいだに、一匹釣れちまったじゃねえか」

ずい、と目の前に差し出されたのは、この時期には珍《めずら》しい、一メートル級の高級魚。

「ヒラメ……!?　カラ松くん、これを私に……？」

「思い上がるんじゃねーぞ。捨てるのももったいねえからな」

（やだ……ヒラメって、他の魚を食べる肉食系魚……カラ松くん、釣った魚まで肉食——！）

「だ、ダメよ。こんな高価なもの、もらえない……！」

「ガタガタうるせえな、黙って受け取れっつってんだろ」

カラ松くんは舌打《したう》ちをすると、たくましい腕を私の腰に回した。そのまま私をぎゅうっと抱き寄せ、強くヒラメを押しつけてくる。

「カラ松くん……!?」

「いいから、触ってみろ」

「そ、そんな……」

「もしかして初めてか？　コレ、触るの……」

ずっしりと育ったそれは、私の手の中でびくびくと脈打っていた。鼻先を近づけてみると、ほんのりと苦い磯《いそ》の香りがする。

（すごい……こんなに大きくなるものなんだ……）

じっと見つめる私の頭に、カラ松くんは、ぽふんと麦わら帽子をかぶせてくれた。

「……チッ、ぼーっとしてんじゃねえぞ。なにも今すぐ生《さしみ》でやろうってほど、がっついてねえからな」

「肉食なのに優しい――！」

くらりと目まいがしたところを、誰かの手に支えられる。

「大丈夫ですか、トト子さん」

「チョロ松《まつ》くん！」

私の背中を抱きとめてくれたチョロ松くんは、メガネの向こうの目を細めた。

「ご、ごめんなさい、私ったら……」

「謝《あやま》らないでください。それより——ほら、かかってるみたいですよ」

「あっ、ほんとだ……！」

三脚に挿《さ》しておいた私の竿《さお》に、どうやら魚がかかったようだ。

「えっと……うまくいかないな……」

リールを巻こうともたついていると、チョロ松くんが手を貸してくれた。背中から私の体を抱きこむようにして、竿を持つ私の手を、チョロ松くんの手が覆《おお》う。

「チ、チョロ松くん……」

心臓が、トクンと甘く跳《は》ね上がった。

チョロ松くんは、くちびるが私の耳に触れそうな距離でささやく。

「そう、そこに指をかけて……」

低い声が、腰の奥にぞくりと響いた。

「こ、こう……？」

「そう、ゆっくりでいいですよ。そのまま手を動かして……ンっ……ああ、上手ですね……まさか、誰かに教わったことがあるんですか……？」

「ち、違うわ！　こんなこと……誰ともしたことないし……」

「本当に？」

チョロ松くんが笑うと、背中に触れる胸板《むないた》から、彼のぬくもりが伝わってくる。こんなに身体《からだ》がくっついていると、彼にも心臓の鼓動《こどう》が伝わってしまいそうだ。

「――ッ」

苦しげに呻《うめ》いたチョロ松くんが、私から身体を離した。

彼のぬくもりが離れていく。

「えっ……？」

「そろそろ交代しましょう。もう、出てしまいますから……」

言われてよく見ると、海面から、魚の頭が少しだけ見えている。

「最後までは、また今度」

「チョロ松くん……」

物足りなくてもじもじする私を、チョロ松くんはクスリと笑った。竿を受け取り、海面から姿を現した魚を見て、指先で眼鏡《めがね》を押し上げる。

「ああ、シーバスですね」

「シーバス？」

「失敬、トト子さんには、スズキと呼んだほうがわかりやすかったでしょうか。分類はたしか、顎口上綱《がっこうじょうこう》硬骨魚綱《こうこつぎょこう》条鰭亜綱《じょうきあこう》新鰭区《しんきく》刺鰭上目《きょくきじょうもく》スズキ系スズキ目スズキ亜目《あもく》スズキ科スズキ属――学名で言うと、Lateolabrax《ラテオラブラックス》 japonicus《ジャポニカス》」

「さすがビューティージーニアス！　学名くらい言えちゃう……！」

「べ、べべべつに僕はそんな！」

私が尊敬の眼差《まなざ》しを向けると、チョロ松くんはかあっと耳まで真っ赤になった。

「東京湾周辺での産卵は十月下旬から二月下旬だとか、そういうことまで知っているわけでは……」

（えーっ、もしかしてチョロ松くん、理科の教科書に載《の》ってる鮭《さけ》の産卵写真、熱心に眺《なが》めちゃったタイプ⁉）

「淡白《たんぱく》ながらも独特の味わいがイイ――……！」

チョロ松くんの最強ギャップに酔いしれていると、

「チョロ松兄さんってば。女の子には、投げ釣りよりこっちのほうが楽しいよ」

と腕を引かれる。

「きゃっ……と、トド松《まつ》くん……⁉」

「アハハッ、こっち。おいでよ」

トド松くんは私の手を取り、テトラポッドのある防波《ぼうは》堤《てい》を走っていく。おしゃれなショートパンツが、今日の彼をより可愛らしく見せていた。

（キューティフェアリー……っていうか、真夏の妖精《ようせい》――‼）

「ほら、ココ。よく釣れるんだ」

トド松くんはそう言って、短い竿の糸を引き上げた。糸の先には、くりっと大きな目をした赤い魚がかかっている。

「わぁ、かわいいカサゴ！」

「でしょ♡」

と、トド松くんが、カサゴを針から外している。

トド松くんの手のひらが、カサゴのエラのあたりに触れた。

「ほら、逃げちゃダメ。ボクに捕まったのに、逃げられると思わないでね？　今、よくしてあげるから……」

胴体をやわらかく撫《な》でた指先は、カサゴのくちびるにたどり着き、からかうようにそうっとくすぐる。

「カサゴは背ビレが尖《とが》ってて、触ると痛いからね。捌《さば》くときは、こうやって下あごを持って――」

トド松くんは、カサゴのあごに指を添え、くいっと上を向かせた。

カサゴは大きく澄《す》んだ瞳《ひとみ》で、トド松くんを見上げている。怯《おび》えたような目つきのカサゴに、トド松くんは甘い声で語りかけた。

「大丈夫だよ、痛くしない。ボクがおいしく、食べてあげる……」

トド松くんは、白いまな板の上に、カサゴをやさしく横たえた。エラぶたをそっと押し広げると、桃色のエラがあらわになる。

「ダメだよ、閉じちゃ。恥《は》ずかしがらなくてもいいから。だってここも、すっごくキレイだ……」

トド松くんは、敏感そうにヒクつくそこに、そうっと指を差し入れた。彼がひねるように指を動かすと、カサゴの身体がびくびくと跳ねる。

嗚呼《ああ》——

私の噛《か》み締めたハンカチが、ギリィと悲鳴のような音を立てた。

トド松くんの手に触れられるカサゴが、こんなに憎《にく》らしいなんて……！

そこまで考えて、私はハッと気がついてしまう。

初めての気持ち——もしかしてこれが……嫉妬《しっと》、なの？

「どうしたの、トト子ちゃん？」

「えっ⁉　な、なんでもない！」

「ふうん、そう？」

トド松くんは、はい、と私に向かって、エラを取り除いたカサゴを差し出した。

「ありがとう、トド松くん」

「どういたしまして。——でも、触るときは気をつけてね。カワイイからって、油断しちゃダメだよ？」

ただの幼馴染《おさななじ》みだと思っていたトド松くんの声が、甘く危険な香りを孕《はら》む。

「は、はいぃぃ——！」

のけぞって叫んだところに、「おい」と背後から肩を叩《たた》かれた。

「一松《いちまつ》くん——！」

「こっちだ」

寡黙《かもく》な瞳に言葉を奪われ、私は一松くんについていかざるを得なくなった。

「ね、ねえ……一松くん、どこに行くの……?」

「しっ、黙れ!」

一松くんは鋭く言うと、まわりをうかがうようなそぶりを見せた。そうかと思うと、私の手首を強くつかみ、埠頭《ふとう》の倉庫へと連れこんでしまう。

「きゃっ――!」

彼の手が重い鉄の扉を閉めると、倉庫の中は夜のように暗くなった。

「えっ……なに、どうしたの……?」

「――すまない、少々手荒になってしまった……」

一松くんの身体は、緊張の糸が切れたみたいにその場にくずおれた。

「だ、大丈夫!?」

駆け寄ると、一松くんは喘《あえ》ぐように息をして、苦悶《くもん》の表情を浮かべている。

「お前が、無事でよかった……」

いつの間にかボロボロに怪我《けが》をしている一松くんの肩を、私は必死で抱きかかえた。

「一松くん――死んじゃダメ……!」

「ぐっ……大丈夫だ、おれはまだ……お前に、本当のことを伝えていない……」

「――本当の、こと……?」

「ああ――この紋章《もんしよう》に、見覚えはないか」

「そ、それは……！」

一松くんがずるりと取り出したのは、一匹の魚だった。

でも——普通の魚とは、明らかに違う。

まるで剣のような形の魚は、ミステリアスな銀白色《ぎんはくしょく》の体表をクールに輝かせていた。その胴体に刻《きざ》まれているのは、四百年前に世界を救った、なんちゃら王家の末裔《まつえい》の証《あかし》……間違いない、これは、王家に伝わる太刀魚《たちうお》——！

「そんな……！　どうして、一松くんがこれを持ってるの……!?」

「これでわかっただろう。お前とおれの出会いは、偶然じゃない——すべては、仕組まれたことだったんだ」

「……違う、違うわ！」

私は力なくかぶりを振った。涙の雫《しずく》が、ぱたぱたと一松くんの身体に落ちる。

「一松くんが私の仇《かたき》だなんて信じない……だって私、そんなに立派《りっぱ》な太刀魚、今までに一度も見たことないもの。そうでしょう？」

私は、一松くんと戯《たわむ》れていた日々を思い出していた。

なにも知らない私と一松くんは、仲のいい兄妹みたいに転げ回って遊んでいた。

そんなある日のことだ、一松くんが、自分の家の納屋《なや》に隠してある宝物を見せてくれると言いだしたのは。

『だれにも言っちゃだめだからね』

『……？　うん、わかった！』

そう言って彼が見せてくれたのは、白く輝く、大きな太刀魚だった。

あのころは知らなかった。無垢《むく》だったのだ。やがてその太刀魚が、二人の運命を引き裂くことになるだなんて知りもせず――

『だれにも言わないって、やくそくのしるし……ね？』

あの日、彼のくちびるが触れた私の頬《ほお》を、涙が熱く濡《ぬ》らしていく。

「信じて……私、こんなに太くて長いものを持ってる人なんて、一松くん以外に知らないわ……」

「お前――」

なめらかな体表が、私の頬にひんやりと触れる。目を閉じて身を委《ゆだ》ねると、銀色の細長い胴体は、私の体にしっかりと絡《から》みついた。

「今日からは、おれがお前の騎士になる。おれが守ってやる――」

「一松くん……」

期待に染まるくちびるを、薄く開いた――まさに、そのとき。

「見つけたよ、仔猫《こねこ》ちゃん」

鉄の扉が開け放たれ、まばゆい光が倉庫の暗がりに差しこんだ。

「おそ松《まつ》くん……！」

彼が手にしているのは、すべてを正義のもとに照らし出す、チョウチンアンコウ――！

「トト子ちゃんにはやっぱり、明るいところが似合うと思うな」

おそ松くんに手を引かれ、私はきらびやかなドレッサーの前に座った。肌触《はだざわ》りのいいドレスを着せられ、手早くメイクを施《ほどこ》される。

仕上げに、そっと魚の被《かぶ》り物をかぶせられ、鏡を覗《のぞ》くと――

（ウソ……私、こんなにかわいくなれちゃうんだ……！）

私はその場でくるりとターンし、自分の姿を確認してみた。アンコウの強いライトに照らされて、アクセサリーや豪華《ごうか》なドレス、虹色《にじいろ》に光るウロコが、きらきらと光を跳ね返す。

あっけにとられている私を見て、おそ松くんは満足げに頷《うなず》いた。

「うん、ステキだよ。さ、おいで」

「えっ……!?　きゃあっ！」

おそ松くんは、私の膝裏《ひざうら》に手のひらを添えたかと思うと、ひょいと私の身体を抱き上げた。いわゆる、お姫様抱っこというやつだ。

「ちょっと、おそ松くん……!?　自分で歩けるから……！」

「なに言ってるの。静かにできないくちびるは――塞《ふさ》いじゃうよ？」

「……!!」

砂糖菓子みたいな甘い声音《こわね》にあやされて、私は返す言葉を失った。

頬を熱くしたまま、おそ松くんの首すじにしがみつく。彼が踏む赤い絨毯《じゅうたん》の続く先、船着き場には、白く巨大なクルーザーが停《と》まっていた。

「さあ、トト子ちゃん。乗るよ」

「え、ええっ……？」

クルーザーの前に身体を降ろされ、エスコートされるがままに乗りこむと、「遅いよ、おそ松兄さん」と声がかかる。

「十四松《じゅうしまつ》くん！」

「あっはは、こんにちは、お姫様」

太陽みたいに笑う十四松くんは、男らしく広い肩幅、引き締まった腹筋、はっきりと隆起したところを赤い褌《ふんどし》で覆った、たまらなく雄々《おお》しい姿で。

「見てて、トト子ちゃん。いくよ？　ふんっ」

十四松くんは、岸を離れた船上から、ぶん、と釣り竿の糸を投げた。すぐに獲物《えもの》を捕らえた竿が、ぐんと美しい角度にしなる。

「い――――よいしょ――――!!!」

ぶおぅんっ！　っと波間から宙に躍《おど》り出たのは、

「ホンマグロ……!?　十四松くん、一本釣りの王子様なの……!?」

「まだまだーっ！」

知らないうちに船に乗りこんでいた6つ子たちが、赤フン一丁で次々に海へ糸を投げている。甲板《かんぱん》には、あっというまに、三メートルはあろうかというホンマグロがゴロンゴロンと釣り上げられた。

「イ、イケメンがマグロを入れ食いに――……！」

紺碧《こんぺき》の空に、勢いよく糸が飛ぶ。解《ほど》けた真っ赤な褌が、ひらひらと飛んでいく。日に焼けた漢《おとこ》たちの肌の背後に、大漁旗《たいりょうばた》が翻《ひるがえ》る。

転がるマグロは、彼らのたくましい腕に抱き上げられて――

「「「「「俺たちの漁は、これからだ！！！！！」」」」」

――真夏の海……そこはいつもより、少しだけ大胆《だいたん》になれる場所。

「アハ、アハハハ、アヒャヒャヒャヒャヒャヒャ……」

私も、彼らのおかげで笑顔になれる。

「いよっしゃコルァアアアア！！！！！！　今夜は潮汁《うしおじる》じゃあああ、熱烈合体じゃあああああ！！！！！」

ドッパーン！　と舳先《へさき》に波が当たり、力強く砕《くだ》け散る――そんなイメージが浮かんだ瞬間、現実の世界では、目の前に鼻血が噴《ふ》き上がっていた。

「トト子先生の次回作にご期待くださいいいいいいい――――！！！！！」

～ Fin ～

どくどくと机の上に広がる鮮血の海の中——トト子は息も絶え絶えに、手にしていたペンを握り折った。

妄想isジャスティス、現実isクソゲー。

流れる涙は、ちょっとだけ磯っぽくしょっぱい。

「これでいいの……これでいいのよ……」

トト子の夜は、今日もこうして更《ふ》けていく——

オレの女は
大トト子だけ
祝トト子丸

こわしちゃった！

LIGHT NOVEL
OSOMATSUSAN
MAEMATSU

「やってしまった……！　なんということだ……！」

とある夕方、二階に位置する6つ子の部屋で、オレは青ざめた。

足元に落ちているもの、それが問題の元凶だ。

なんとか応急処置しなければ……！

――スパ――ン！

「あはは～、カラ松《まつ》兄さん、なにやってんの—？」

やたら勢いよく開いたふすまに、オレは冗談じゃなく飛び上がった。

「Ｏｈじゅうしま――っ！」

「あれ、どしたのカラ松兄さん。なにか背中に隠した？」

「い、いや……なんでもない……！」

十四松《じゅうしまつ》は、オレの横から、ヘッドバッドでもしそうな勢いで顔を近づけてくる。

オレは咄嗟《とっさ》に、問題のモノを背中に隠してバックステップを踏んだ。

我ながらなかなかの反応速度だ。日頃から研《と》ぎ澄《す》ませている防衛本能がここで活《い》きた。

応急処置中で油断していたが、十四松には見られなかったはずだ。このままなにを聞かれても知らぬ存ぜぬで通して切り抜けよう……と思ったら。

「うそうそ！　絶対かくしたよー！」

にゅ〜〜〜〜ん。

十四松の首がろくろ首のように伸びて、オレの肩口から背中をあっさり覗《のぞ》く。

「じゅうしま――――っ!?　それどうやってるんだじゅうしま――――っ!?」

「あー……」

十四松は口を開けたまま、オレが背中に隠した問題のモノを見つめる。

それは――チョロ松《まつ》が部屋に飾っていた、橋本《はしもと》にゃーの限定超リアルフィギュア。

よくは知らないが、女の子の造作《ぞうさく》に定評のある原型師の作らしく、しかも地下アイドルゆえに生産数は極《ごく》希少。つまり、かなり高価らしい。

「ど、どうした十四松……？」

オレは、がたがたと震えながら冷や汗《あせ》を流す。

十四松が、でろんでろんに伸びきったパーカーの袖《そで》で、フィギュアの頭部についている猫耳をつんと突っつく――と、それはぽろりと転がり落ちた。

オレのけなげな応急処置の甲斐《かい》もなく……だ。

「あはは、壊れてんね！」

「そ……そうだな」

「カラ松兄さんが壊したー！」

「……!?」

冷や汗の量がどっと増す。しかしオレは、それでもポーカーフェイスを貫《つらぬ》いた。

「なあ……十四松？」

「なにー？」

「オレがフィギュアを壊したこと、みんなには黙っていてくれないか」

「なんで？」

「なんでって……もしチョロ松の耳に入ったら、殺されかねんだろう」

「あー」

オレは、ポケットから棒つきのキャンディを取り出した。口止め料だ。十四松はパーカーの袖でそれを器用に奪うと、包装紙がついたままガリガリとかじった。

「たしかに」

十四松がごくんと飲みこむのと同時に頷《うなず》いたので、オレはひとまず汗をぬぐった。

「フッ……信じてるぜ、ブラザー……」

しかしオレは違和感を覚えていた。なにやらこの展開に覚えがある。

過去にもこれと似たようなことがあったような……？

そこに折よく、「ニートたちー、ごはんよー」とマミーの声がディナーの刻《とき》を告げる。

「ブラザー、ディナータイムだ。このことは男同士の秘密だ。いいな？」

「わかった！」

ものわかりのいいやつで助かる。

踵《きびす》を返した十四松は、オレに先がけて、居間へと降りる階段へと向かう。

「おなかすいたー。そういえばみんなー、カラ松兄さんが、フィギュア壊し」

「うぉぉぉぉいぃっ！」

オレはあわてて、十四松のパーカーのフードを引っつかんで二階へと引き上げた。

チッチッチッ、と十四松の顔の前で、立てた人差し指を左右に振る。

「ノンノンノンノン、じゅうしまぁ〜つ。じゅうしま〜つ？」

「えっ？」

目をぱちくりさせる十四松に、オレは言い聞かせる。

「なんて剛速球を投げるんだじゅうしま〜つ？　次のドラフトにかかってしまうぞじゅうしま〜つ？　いいか、オレがフィギュアを壊したことは言っちゃダメなんだ。アンダースタン？」

オレはポケットからまた棒つきキャンディを取り出し……たところで、確信する。

これはデジャヴか？　間違いない。これと同じことが以前にあった。

そうだ。パチンコに大勝ちした日。兄弟にたかられるのがわかっていたオレは、一緒にいた十四松に今と同じように口止めをした。何度もだ。しかし十四松はそれを聞かずに結局――

おそらく……これはループ現象というやつだ。過去を繰り返しているんだ。まさに神の悪戯《いたずら》。世界のヒーローたるこのオレに、神は試練を課したのだ。

「……」

オレは棒つきキャンディをひっこめ、代わりに板ガムを差し出した。

すると十四松は券売機のように瞬速でそれを吸いこみ、くっちゃくっちゃと嚙《か》みだした。

……これでいい。

勘《かん》のシャープなオレのこと、神のされるがままにはなるまい。過去と同じ展開が繰り返されるというなら、そうならないようにすればいいだけ。

イージーだ。イージー・ドゥ・ダンスだ。

「オーケー十四松、聞いてくれ」

過去の展開にのっとれば、次の十四松はごまかそうとして、『うん、なにもしてない！　なんにも壊してない！　壊してないよ？　なんにも触ってないよ、壊したりしてないって！　壊してない！　壊してなんかないないないな』とか言うはずだ。

もうどう考えても壊している。

「オレはフィギュアを壊していない」

「壊してない」

「だが、必要以上に『壊してない』事実を口にしなくていい。ＯＫ？」

こう先に釘《くぎ》を刺しておけばいいわけだ。フッ、今日のオレは冴《さ》えている。

すると十四松は素直にこくんと頷く。

「わかった！　必要なだけ言う！」

「イヤイヤ、言わなくていいんだ！　いいか？　不要なんだ。口にしなくていい。不要なものはすべて捨ててしまえばいいんだ。いいか？」

「わかった！」

「そうだ。……信じてるぜ？」

よし、これでいい。

オレたち二人は夕飯の食卓につくべく、階段を降りようとする。

「おなかすいたー。そういえばみんなー、カラ松兄さんが不要だからフィギュア壊したんだってー！」

「どうしてそうなるじゅうしま〜〜〜〜っ!?」

オレは米俵《こめだわら》のように十四松を抱え上げて二階へ戻る。

「どうしたの？」

「逆にお前がどうしたじゅうしま〜っ??　うっかり壊しただけだからぁ〜〜！　オレの性格に難がある感じになってるからぁぁあ〜〜〜〜〜〜〜！」

オレがもう一枚ガムを差し出すと、すぐさま十四松はそれを吸いこみ、二、三回噛むとごくんと飲んだ。

「よし、じゃあこの話題には触れないでおこう。普通にハングリー、つまり『おなかすいた』だけでいい」

「わかった！」

イヤ、まてまて！　これも過去にミスを犯している！　リメンバー！

十四松のことだ、どうせオレを無視して余計なことを言い出すに決まってる！

「じゃあこうしよう。オレが台詞《せりふ》を決めるから、すべてその通りに――」

「8分の1スケールおなかすいた～」

「話を聞いてくれ――!!」

オレは階段を降りようとする十四松を担《かつ》ぎあげて二階へ戻す。

「8分の1スケールはダメだ～。知ってるやつはすぐピンときてしまうぅ～。そもそも8分の1スケールおなかすいたってどういう意味だ～～？」

その時だ。

「お～い。カラ松に十四松？　さっきからなにしてんだ～？　早く降りてこいよ～」

おそ松《まつ》が、居間に来るのが遅いオレたちに気づいて呼びにきてしまった。

その後ろからほかの兄弟たちも顔を出す。中にはもちろんチョロ松もいる。

……やむをえない。

「いいか十四松。極力なにもしゃべらないでくれ。お前は貝だ。貝になるんだ」

「わかった！　ぼくは貝！」

オレがあるだけのガムを十四松に差し出すと、十四松はそれを出された先から吸いこんで、そのままごくんと飲み下した。

もう弟を信じるしかない。十四松は常《つね》に口開きっぱなしだし、目の焦点《しょうてん》も合ってないし、常識という常識を知らずに生きてきたようなやつだが、根は素直でやさしい男だ。言えばわかってくれる。そもそもこのミスターハードボイルド・カラ松の弟だ。男として筋《すじ》が通っていないはずがない。ああそうだ。信じよう。

「もー、ボクおなかすいちゃったよー。はやくー」と、トド松《まつ》が文句を垂《た》れる。チョロ松と一松《いちまつ》は舌打《したう》ちをして台所へ戻っていった。

「二人でなにしてたの？」と特に興味もなさそうに聞いてくるおそ松には、適当なごまかしを入れ、一階へ降りた。

ここまで十四松は律儀《りちぎ》に言いつけを守ってくれている。やればできるじゃないか……！　恩に着るぞ……十四松……！

しかしそこで異常が起こる。

「……フッ……フッ……」

十四松は台所の手前で足を止め、ちらりとオレを見る。どうやらくしゃみを我慢《がまん》しているようだ。くしゃみくらいすればいいと目線で促《うなが》すと、

「……フィッ……フィッ…………フィッ……フィギュアッッ!!」

「どんなくしゃみ!?」

「フィギュア？　フィギュアがどうしたの？」

ついにチョロ松が勘づいてしまった。フィギュアを持っているのはこの家でチョロ松だけだ。まずい！

「十四松？　フィギュアがどうしたの？　さっきまで二人でなにかしてたことと関係あるの？」

鋭いチョロ松が、見逃さず追及してくる。

「ど、どうしたんだ十四松？　おかしなくしゃみをするな〜〜？　あくまでくしゃみだけどな〜？」

だらだら冷や汗を流しながら必死でごまかすが、チョロ松は追及の手を緩《ゆる》めない。

「あやしいな……十四松？　カラ松がなにかしたの？」

「……！」

十四松は目をまん丸にしてチョロ松を見た。

「なにもしてないよな、十四松？」

「……！」

十四松はオレに向き直る。その後は繰り返しだ。

「なにかしたよね」

「……！」

「なにもしてないよな」

「……！」

「したよね」

「……！」

「してないよな」

「……！」

「ちょっとカラ松兄さん、弟にウソつかせるのやめてくれる？」

「違うよな、嘘《うそ》じゃないよな十四松？」

「正直に言っていいんだよ、十四松」

「十四松？」と、オレ。

「十四松」と、チョロ松。

「十四松？」と、オレ。

「十四松」と、チョロ松。

「……！　……！　……っ！」

オレとチョロ松の両者に迫られ続け、十四松は限界を超えたようだ。

ごくんと唾《つば》を飲みこむと、十四松の腹がみるみる膨《ふく》れはじめる。

ここにいたって、オレはまた思い出した。

結局……これも過去の繰り返しだ！

すると、あれよあれよという間《ま》に、十四松の腹は廊下いっぱいに膨張《ぼうちょう》する。

「「「「わぁぁぁぁあああ――――!?」」」」

オレたちは、あわてて十四松の体を元に戻そうと――いや、むしろ、ふくれ上がる十四松に潰《つぶ》されないようにするために、その体を背中で押し返しはじめた。

六人はたちまち、階段でおしくらまんじゅう状態になる。
「でえぇっ……なにこれ、怖いんだけど！」と、おそ松が怒鳴る。
「え――っ、ちょ、十四松、え――っ⁉」チョロ松がビビる。
「…………もう無理、限界…………！」一松が死を覚悟し、
「もー、どうにかしてよカラ松兄さーん！」トド松が泣き言を口にした。
「十四松⁉　オイ、じゅうしま～～～つ⁉」
オレの声なんて聞こえてもいないのか、十四松はどんどんと膨張していき――

パ――――――――――――――――ン！

耳をつんざく破裂音が町中に響き渡った。

■初出
小説おそ松さん 前松 書き下ろし

[小説おそ松さん 前松]

2016年7月31日 第1刷発行
2016年8月24日 第2刷発行

著 者 / 赤塚不二夫 [原作] ◉ 三津留ゆう/石原宙 ◉ 浅野直之 [イラス

装 丁 / 五島英一

編集協力 / 大間華奈子

発行者 / 鈴木晴彦

発行所 / 株式会社 集英社

〒101-8050 東京都千代田区一ツ橋 2-5-10
TEL 編集部:03-3230-6229
読者係:03-3230-6080
販売部:03-3230-6393 (書店専用)

印刷所 / 凸版印刷株式会社

Printed in Japan ISBN978-4-08-703396-0 C0093

検印廃止

待たせたな!
松ガール&ボーイズ!
今年の松フィーバーは
まだまだまだまだ
ハッスル
マッスル〜!!
TVアニメ描き下ろしイラストの
きせかえチャームストラップ付き!
好きな松をつけかえて、
キミ好みにカスタマイズ!!
小説
おそ松さん
後松
ストラップ付き
限定版
(JUMP j BOOKS)
2016年
11月29日発売予定
原作 赤塚不二夫
小説 石原 宙
イラスト 浅野直之
1キャラずつ
取り外しが
できる!
おそ松
付け替えて
好きなキャラを
持ち歩こう!
カラ松
一松
おそ松
カラ松
チョロ松
一松
十四松
トド松
限定版
予価:本体
2000円+税
※このイラストは
イメージです。
実際とは多少
異なります
限定版は数量限定の商品です。
確実に手に入れるには、
書店での予約がオススメです。
「後松」では
一松、十四松、トド松
それぞれがメインの
お話も収録するぞ!!
©赤塚不二夫/おそ松さん製作委員会